我沒死，只是變成了掃地機器人

そえだ 信
添田信——著
王華懋——譯

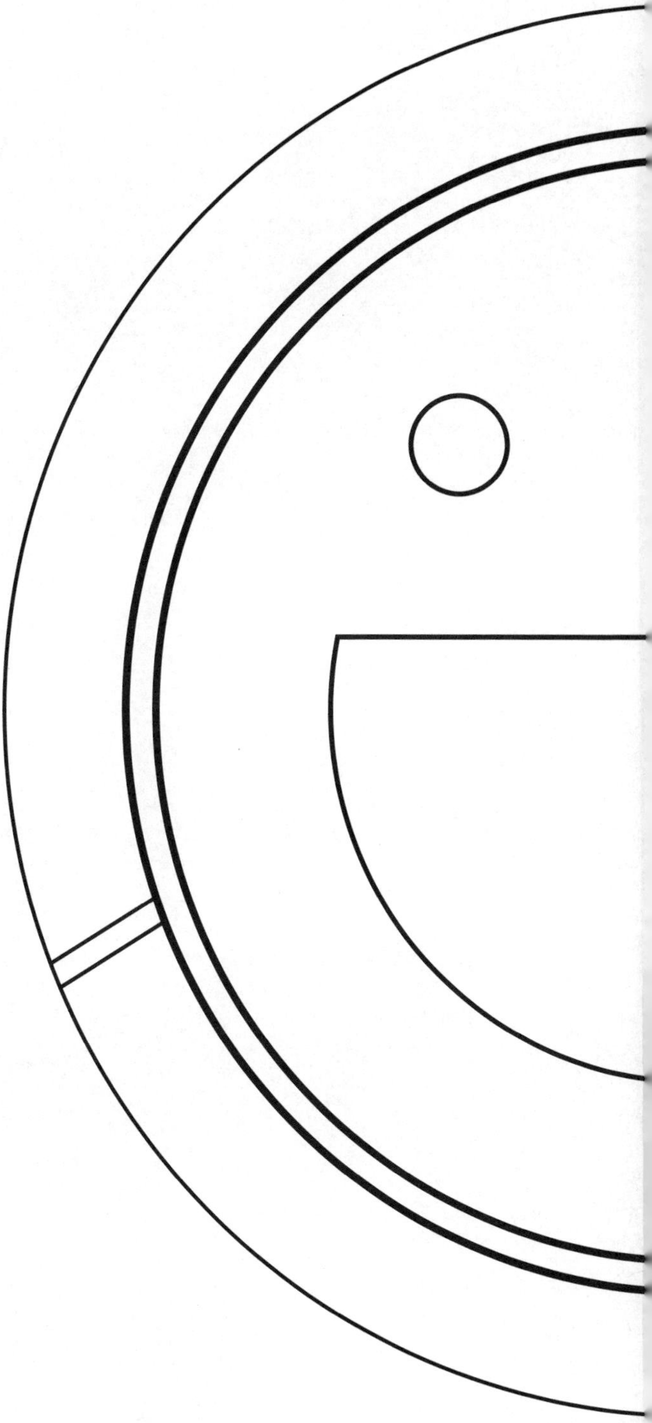

0

高低起伏的路面，在夏意高漲的豔陽下散發出搖曳的蒸騰熱氣。臨海的這處北方城鎮也不例外，從地面反射的熱氣酷烈逼人，路上行人個個腳步倦懶。

我為了調查手上的案子，正來到小樽市，已經看到目的地的高樓大廈了。走在市中心的人行道上，即將來到十字路口時，我察覺了異狀。

不遠處的馬路上，一輛白色轎車正以驚人的速度朝這裡直衝而來。

轉眼之間，車子已瘋狂逼近。

不妙——快閃——咦？

我當然想要閃避，然而那輛車的前進方向，一名老太婆正慢慢地走到我伸手可及之處。

「危險！」

我不假思索地飛撲過去，撞開老太婆。緊接著，一陣無法形容的撞擊席捲了全身。

茫茫然地睜開眼睛，我發現自己倒在路上。

白色轎車就停在眼前，持續發出刺耳的引擎聲。車子撞在電線桿上，車頭夾住一名西裝男子。男子呻吟不止，然而催油門的引擎聲卻一再響起。駕駛座上，白髮男子的頭正上下搖晃。

混蛋，你在幹什麼！快把腳從油門移開……！

我想要喊叫，卻發不出聲音，眼前逐漸變得一片白茫茫。

意識緩慢地遠離……

這也太慘了……我早上還在跟小學五年級的女兒悠哉聊天……怎麼會……

「勢太，你襯衫後面的衣襬跑出來了，真邋遢！」

「我正要紮好，就被妳先說了。」

「要是你被人家笑，丟臉的可是我。要注意儀容啊。」

「好啦，對了，前天『兒童烹飪教室』的成果，妳今天真的要秀一手給我嚐嚐吧？」

「對啊，這星期是『親子丼』。如果你今天真的可以早點回家，就做給你吃，好好期待吧。」

「耶！我要大碗的！」

「就會狗腿。明明第一次上課回來煮的東西，你吃得那麼提心吊膽。」

「……朱麗，妳聽好。」

「什麼？」

「妳知道嗎？信任這回事，是一點一滴累積起來的。這代表妳在這三個月之間，已經累積起如此可觀的實績……」

「好啦勢太，已經四十五分囉。」

「哇！怎麼不早說！喂，妳還在摸什麼！」

「人家早就準備好了，是你還在拖拖拉拉……」

「別說了別說了──好了，準備好了，出門囉！」

「好好好，我去上學了，勢太也路上小心。」

………

………

1

某天早晨，從不安的夢中醒來一看，鈴木勢太發現自己變成了一台小機器。

——若以小說風格來表現，會是這樣嗎？

以體感時間來說，應該過了好幾個小時，我才在幾乎是悟道的境地之中，做出了這個結論。

不，正確地說，若是以「醒來一看」為基準，這個「發現」並沒有前述的那麼明確。

〔早安——咦？呃——怎麼回事？〕

想要睜開眼睛，卻未能如願。眼前只是一片漆黑。

〔怎麼搞的？喂……朱麗！朱麗！〕

想要呼叫唯一一個家人，也發不出聲音。試圖發出的話只是在腦中打轉。

困惑了片刻之後，我設法鎮定心神，將意識轉移到自己的現況，能夠感受到的，就只有細微的「聲音」而已。

是疑似遠方有汽車駛過的引擎聲、像是街頭廣告車的廣播聲。從感覺來看，這些聲音似乎是隔著玻璃窗傳來的。那是日常生活中過度熟悉的聲音，從一開始就自然融入周圍，但重新集中意識去感受，似乎就是這類聲音。

那麼，這裡是室內嗎？不過感覺和自家的環境音截然不同。

我感受這些動靜，漸漸地在無意識中清醒過來。更進一步集中意識之後，我不得不承認，自己的身體十分異常。

手腳使勁，也毫無反應；想要睜眼，也張不開眼皮；刻意去掃描全身，也一片木然。

即使如此，我仍拚命驅動感覺去活動身體，結果在沒有活動手腳的感覺下，發現在全然陌生的奇妙被動感中，自己的身體移動了。然而移動也很快便隨著某種難以形容、類似毛毛的反應停下來了。接著又以最緩慢的速度移動，「叩」地撞上了某些東西，再度停止。

〈搞什麼啊？〉

莫名其妙到腦中忍不住響起假關西腔吐嘈。就是如此陌生、生平頭一次經驗到的感覺。

我收起移動的欲望，決定先好好審視現狀。

以常識來看，動物都有「五感」。而現在的我，明確具備的好像就只有五感當中的「聽覺」而已。

想要發動「視覺」，接收到的也只有「漆黑」，似乎並未作用。

「味覺」和「嗅覺」雖然無法明確掌握，但似乎完全沒有。

至於「觸覺」，頂多就只有剛才在自己不算長的人生當中首次經驗到的類似「毛毛」的奇妙感覺，看來只能承認，做為一個人，或者說做為動物，並非正常的狀態。

再次試著發聲，一樣沒有成功。

冷靜，先冷靜下來。我安撫自己，試著發動「五感」以外的感覺。

不是「第六感」這類厲害的東西。我決定依靠純粹的意識、思考，更具體地說，就是記憶。

我是鈴木勢太，性別男，三十三歲，未婚但育有一女。職業是警察官。任職於北海道札幌方面西方警察署刑事課。

嗯，記憶很正常。

大學畢業後，我進入警界服務，有著種種經歷，直到現在——

〔嗄？〕

想到這裡，我總算想起了不明白怎麼會遺忘至今的重大事實，感到冷汗淌下背脊（雖然完全只是形容）。

我——為了調查手上的案子，正來到小樽市。

走在市中心的人行道上，即將來到十字路口時，我察覺了異狀。不遠處的馬路上，一輛白色轎車正以驚人的速度朝這裡直衝而來。

我當然想要閃避，然而那輛車的前進方向，一名老太婆正慢慢地走到我伸手可及之處。

「危險！」

我不假思索地飛撲過去，撞開老太婆。緊接著，一陣無法形容的撞擊席捲了全身。

茫茫然地睜開眼睛，我發現自己倒在路上。

白色轎車就停在眼前，持續發出刺耳的引擎聲。車子撞在電線桿上，車頭夾住一名西裝男子。男子呻吟不止，然而催油門的引擎聲卻一再響起。駕駛座上，白髮男子的頭正上下搖晃。

混蛋，你在幹什麼！把腳從油門移開……！

我想要喊叫，卻發不出聲音，眼前逐漸變得一片白茫茫。

意識緩慢地遠離……

這是我感覺才剛發生不久的最新的記憶。

也就是說——難不成——不，我實在不願意去想，但……

〔難不成我已經死了？〕

從「五感」當中有「四感」都失常的現況來看，這似乎是相當順理成章的結論。假設在那場意外當中，我就此失去意識，撒手人寰，也完全合理。

但仍然留存的「聽覺」以及「思考」和「記憶」，實在是太過清晰了。

現在仍在遠方響起的行車聲，以及某處慢悠悠地廣播的資源回收車聲，這實在過於一如往常的日常，教人忍不住對剛剛做出的悲觀結論啞然失笑。

假設我還沒死——

〔那麼我人在醫院病床上嗎？〕

那場記憶猶新的意外造成重創，使我失去了「四感」，甚至無法認識到自己躺在病床的事實嗎？

這個假說似乎相當可信。

自打出娘胎以來，我唯一的優點就是身強體壯。假設這個假說是對的，那麼這是我生平頭一次受到這麼嚴重的傷勢，並非醫療專家的我，無從想像自己的「四感」現在怎麼樣才算是對的。只有「聽覺」正常發揮，其他感覺全無，或是有強烈的不對勁感覺，這些是否都是可能的現象？

〔——不對。〕

——雖然非常渴望如此下結論，卻有個感覺大唱反調，那就是「觸覺」。

雖嫌嘮叨，但觸覺的感受和原本實在相差太遠了。

完全沒有碰到任何東西的感覺，在試著移動的意志之後，是不知道源於何處的、傳達「正在移動」的古怪信號還是什麼的感覺。還有，似乎在撞到東西之前會預先通知的「毛毛」的反應。

目前感覺到的就只有這些。人躺在床上，會有這樣的感覺嗎？

〔難道是那個？其實只有腦中幻想在移動，而有了奇妙的虛構觸感？〕

我再次在心中想要移動。

確實，又有移動的感覺了。很快地，隨著「毛毛」的反應停住，接著又以最緩慢的速度移動，「叩」地撞到什麼東西，再次停止。

這段期間，遠方仍持續傳來日常生活的各種聲音。

這教人不解。移動的感覺其實是幻想，聽見的聲音卻如此真實，這種事有可能嗎？

我煩惱了一陣，很快地放棄思索這件事。

以目前這狀況，無從做出結論。我能夠做到的只有思考和回想、聆聽周圍的聲音，以及分不清是做夢還是現實的移動感覺。只憑這些，實在不足以做出判斷。

但是我能夠做的，幾乎就只有思考而已。只好思考了。無法解開任何一個疑問，感覺好像會把人慢慢地逼向瘋狂。

疑問太多了。

除了我是生是死以外，還有許多疑問。

〔今天是幾月幾號，現在幾點？〕

〔這裡是哪裡？〕

〔女兒朱麗怎麼了？〕

其實最後一個問題最為迫切，但以目前的狀況，實在不可能得到答案。應該定下心來，從有望解決的問題逐一攻破才對。

〔這裡是哪裡？〕

這個問題，或許可以從外面傳來的聲音猜到。

我將希望寄託在唯一管用的感覺「聽覺」上，努力側耳聆聽。

〔這裡是哪裡？〕

〔是哪裡？〕

〔是哪裡？〕

——

片刻空檔之後。

〔哇！〕

眼前突然大放光明，差點沒把我給嚇死。

這不可能是現實的情景，卻似曾相識。

眼前的景象是一幅全彩的地圖。經常在電腦或手機上看到的那種地圖。

範圍頗大的那份地圖，一眨眼便凝縮至一點。同樣有印象的札幌市內的一區被擴大了。

『札幌市中央區北11條西△丁目○—▲富士大樓』。

辨識出地圖文字的同時，這樣一行文字流過腦中。

北11條西——

〔是轄區內經過好幾次的那一帶嗎？〕

〔還有，現在是幾月幾日幾點？〕

腦中接著浮現疑問，結果這樣一行文字又流過腦中：

『二〇一九年七月二十日星期六十三時十一分』。

〔這樣啊。〕

我在小樽遭遇事故，應該是七月十九日剛過中午的時候。等於是過了約一天嗎？

一陣恍然之後，我在心中點了幾下頭。

緊接著疑問炸了開來：

「這什麼鬼——!!」

腦中怎麼會浮現這種地圖、住址還有時間資訊？

我並未實際見聞到什麼。唯一聽見的只有遙遠的環境音。總算，彷彿視覺發動的、剛才的地圖和文字資訊，與其說是實際見到的東西，感覺上更接近純粹地浮現在腦海。

然後，現在眼前又回到了一片「漆黑」。

「到底是怎麼回事啊？」

我失去了「四感」，但得到了超能力嗎？

「不是，這種超能力也太遜了吧……」

冷靜地分析一下吧。我剛才做了什麼？

只是單純地想到疑問，結果答案就浮現腦海。感覺只是這樣而已。

只要去想疑問就行了嗎？非常用力地去想？

試試看吧。

「朱麗現在怎麼了？」

——

毫無反應。……嗯，我想也是。

〔我現在是什麼狀態？〕

——

毫無反應。

果然不行嗎？

上一個問題就算沒答案是意料之中，但我以為第二個問題可能會得到某些回應，可以成為線索。是問題太抽象了嗎？

〔我還活著嗎？〕

〔我的身體現在是什麼狀況？〕

我變換各種問法，等待回答。然而什麼反應都沒有。

即使如此，由於別無指望，我只能把希望寄託在這上頭了。我更進一步變換各種問法。

我沒有餘裕去記下自己試了幾次、關鍵性的問題又是什麼。迷迷糊糊地，眼前乍然亮起。

雖然很像剛才地圖浮現的狀況，但看到的東西不一樣。我幾乎要懷疑起自己是不是神智失常了。

〔《使用說明書》？〕

紅白二色的平面上，是一排中空的粗黑體橫字。

緊貼著下方，是小一號的文字：

『附智慧音箱掃地機器人朗倫』、『型號 RNRN002A』？

——

〔嗄？〕

難道……

我懷著仰望連在哪個方向都不清楚的天上的心情，向（應該是）回答了我的疑問的慈悲神明還是某物提問了：

這是對「我的身體現在是什麼狀況」的回答嗎？

難道，這個「掃地機器人朗倫」，就是我現在的身體？

「掃地機器人」——就是那個吧？形狀像飛碟，在地板上滑來滑去，吸地清潔的那個。

「智慧音箱」——則是那個吧？只要說「OK, Goo○le，放音樂」，或「Ale○a，開燈」，就會照做的那個。記得其他好像還會播放「天氣預報」或「新聞」是嗎？

是這兩個玩意兒的合體版？從說明書的插圖來看，外形就是個圓盤沒錯。第二頁的規格顯示，尺寸是寬 x 高 x 深 353 x 92 x 353 公釐，重量為三．八公斤，面版呈現可愛的熊臉圖案——

〔——不會吧？〕

怎麼可能？這教人怎麼能夠相信？自己的身體變成掃地機器人、變成直徑三十五公分的圓盤，然後……熊臉？

〔不不不不……〕

我拚命否定，卻有那麼一絲承認了。

就是從剛才就一直感覺到的移動感覺。

如果那是掃地機器人的馬達移動，就合情合理了。回想起來，似乎也聽見了細微的馬達運作聲。

然後，掃地機器人具備撞上東西之前預先感測的功能——用紅外線還是雷達那些。如果之前的「毛毛」的感覺，是感測到障礙物的通知，就可以理解了。

沒有「視覺」、「味覺」和「嗅覺」，以及「觸覺」是這種狀態，也說得通了。「聽覺」因為「智慧音箱」功能必須接收命令，因此麥克風應該隨時都是開啟狀態。

——不不不，可是……

〔這……真的可以接受嗎？〕

我死掉了，然後轉生為掃地機器人？或者說，我的意識或是靈魂附到這台機器上了？

〔太扯了吧？〕

我無法相信，幾乎是以逃避現實的心態繼續閱讀使用說明書。畢竟這是來自外界為數不多的資訊，目前我也想不到比這更優先的行動了。

說明書內容以宛如顯示在手機或電腦螢幕的感覺浮現在腦中。

感覺可以用手指點選或用滑鼠翻頁，但當然沒有這些東西。取代實體動作，我在腦中浮現以指頭滑動的感覺，雖然成功與失敗參半，但總算是翻頁了。

有種戴著手套滑手機，或是操作接觸不良的滑鼠的感覺，反應教人不耐煩。但光是勉強可以操作，就教人感激涕零了。

這台機器的功能。

當然是吸地。一邊移動，一邊吸起地面灰塵。

在連接 Wi-Fi 的狀態，就能使用「智慧音箱」功能。先做出不太想被人聽到的輕浮招呼「嘿，朗倫」之後，就可以傳達指令。感覺功能太多，我決定先跳過這部分，詳細之後再讀。

這個機種的製造廠商，是札幌一家叫「E遙控電子」的小公司，掃地機器人的功能和其他廠牌大同小異，但好像幾乎是基於社長的喜好，附加了各種功能。

掃地行程可以規劃，可以用手機遠端操作。這些其他廠牌的掃地機器人感覺也有。好像是讓手機專用的 App 讀取住處平面圖，用手指滑過地圖，就可以讓機器人記住打掃的順序。

搞不好比我還要聰明。

﹝這不重要，下一個。﹞

打掃的結果和室內狀況，會以 email 通知用戶。

能夠監視室內的嬰兒和寵物，向用戶回報。

充電會自動將插頭接上插座進行。適用離地十五公分以內的插座。

附有簡易怪手，能夾取無法吸入的重五十克以下的障礙物並除去。

讀著讀著，我想起來了。

我在電視的當地新聞台看過這台掃地機器人的報導。

這些插座充電、怪手夾除障礙物的功能，是社長的講究之處，他不理會周圍的反對，硬要配備上去。實際展示的兩種動作雖然笨拙，但幽默感十足，我和朱麗一起在電視機前看得捧腹大笑。

可是——

﹝這真的是我現在的身體？﹞

絕對不可能，太荒謬了——儘管這麼想，但讀著讀著，我想到了一件事。

寵物監視功能——這表示附有鏡頭嗎？

如果真是如此，而我現在的身體真的就是這台機器，就像用麥克風接收聲音一樣，我應該也可以用鏡頭視物吧？

我懷著幾乎無法置信的心情，在心中默念：

〔監視——監視——鏡頭——〕

停頓了片刻之後，不知怎麼弄的，頭上有種開啟的感覺。

接著是某些東西朝上抬起的感覺。

視野一口氣開闊起來了。

從宛如趴地的矮處仰望出去，是有些寬闊、貌似書房的室內景觀。近旁有像是桌腳的直立木棒。

視野似乎可以前後左右幾乎三百六十度活動，我從稍微抬高的位置俯視。

瞬間。

完全不下於視覺恢復的喜悅，絕望的驚愕擊垮了我。

視角下方，毫無疑問是自己的身體的東西——

是設計成討喜黑白熊臉的小圓盤形狀。

2

——十幾個小時後。

由於困惑到了極點，我幾乎是當掉了。

因為眼前有一具男屍。一襲西裝，看上去四十多歲，身材中等。男屍以貌似從沙發滑落下來的姿勢，坐在苔綠色的地毯上，身體有一半滑進會客桌下方——

——不，先發揮職業意識，不宜貿然行動。先來整理一下截至目前的經過吧。

我花了約幾分鐘，確認自己的身體變身為黑色的圓盤體，並醒悟到自己非接受這個事實不可。然而我還是懷著戀戀不捨的逃避現實心態，重新檢視當下能做的事。

聽得到聲音，也看得到東西了。能隨心所欲到什麼程度還不清楚，但似乎可以移動。那麼自然就會湧出想要四處看看，努力掌握周邊狀況的欲望。但我自制：不應輕率活動。

放眼望去，室內無人，但房間給人的印象，像是書房和辦公室的中間，應該是某人工作的場所吧。我的左邊有一張大桌子，後方是放下百葉的窗戶，右邊和正面左側各有一道門。一道門通往室外，另一道門通往隔壁房間嗎？

房間角落，小几下的地板，似乎就是我現在坐鎮的位置。理所當然，這個房間的主人，就是這個掃地機器人，也就是我的外殼的所有人。

我想避免就這樣四處遊蕩，被主人發現，以免因為自行啟動而被認為這台機器壞掉了。若是能親口說明自己的處境，那另當別論，但現在的我沒有任何這類傳達手段。意識或靈魂寄宿在這台機器的機制，也完全超出我的理解範疇。萬一被當成故障，拆開檢查，實在無法保證我的意識還能繼續維持目前的狀態。我反倒更可以一清二楚地預料到，要是落入那種處境，可能會直接魂飛魄散。

想想自己這種不知是死是活、是生靈還是活屍的半吊子狀態，我實在對人世無甚留戀。也覺得如果我已經死了，乾脆早早超生算了。但即使是這樣的我，在陽世仍有個強烈的執著。

〔朱麗現在怎麼了？〕

無法確定我的愛女朱麗平安無事，我實在死不瞑目。

再次確認：在確定朱麗平安無事以前，再怎麼糟糕，都得維持現狀，努力蒐集資訊。為了這個目的，必須極力避免被人發現。

不能被主人察覺機器有異。即使將來離開這個房間，出去建築物外面，也不能被人看見。否則一定會被撿起來送交派出所，或是被人帶回家，不管怎麼樣，都很有可能遭到拘束，進退不得。

想到這裡，感覺暫時留在原地，確實掌握以這台機器之身能做到哪些事，才是聰明的做法。

瀏覽使用說明書之後，我大略理解這台機器的功能了。但說明書上的功能，與我現在做得到的事並不完全相等。即使是機器具備的功能，絕大多數我也不知道該如何啟動。因為現在的我，既無法按壓這台機器的開關或遙控器，也無法出聲下指令。

另一方面，雖然是膽戰心驚地，但我確定只要在腦中默念，似乎就可以移動。換言之，這是超越機器規格的功能。因為這等於不需要開關或遙控器就可以動作。

此外，在這幾小時的摸索當中，我仍無法理解腦中浮現地圖、住址和時間資訊的現象是怎麼一回事。我認為這也是機器的功能之一，但是什麼樣的機關觸發那樣的現象，我還不明白箇中原理。

相較之下，「使用說明書」還比較容易理解。因為說明書裡有記載，「使用說明書」的圖檔儲存在機器記憶體裡面，可以透過ＵＳＢ接頭，用電腦或手機閱覽的樣子。這與我默念「我的身體是什麼狀況」如何相關並不明朗，但總之是那份圖檔呈現在我的意識當中了吧。

那麼，地圖、住址及時間資訊這些，應該也是一樣的。這些與其說是掃地機器人，感覺更是智慧音箱的功能所需要的資訊，機器應該隨時掌握了時間和定位資訊。

時間只要設定一次，應該就會在機器內部自行運算，而且或許會透過 Wi-Fi 通訊自行校正。定位資訊也是，為了以智慧音箱傳達天氣預報和當地資訊等用途，會以 GPS 隨時確認位置吧。這些我可以猜到。

但剛才看到的彩色地圖，這我就不懂了。這台機器並未裝備液晶螢幕這類東西，應該沒必要內建那樣的地圖檔吧？

也感覺不到像「使用說明書」那樣用電腦或手機讀取的必要性。因為地圖直接用電腦或手機上網看更方便多了。若是機器本身內藏的資料，也不太可能是在不知道使用者住址的狀況下，預先準備了全日本的地圖資料。而且智慧音箱推薦使用 Wi-Fi 上網，若是可以從網路讀取，應該不用多此一舉，儲存在機器內部。

換言之，這台機器不太可能將全彩地圖資料儲存在機器的記憶體當中。它的功能只需要 GPS 的定位資訊就足夠了，如果需要地圖，再透過網路讀取就行了。

結論是，剛才看到的地圖，並不是機器內部儲存的資料，而是透過網路讀取的資料吧？

如果有人聽到這段推理和結論，或許會很傻眼：「這麼天經地義的事，有什麼好說的？」會說：「說明書都說有 Wi-Fi 上網功能了，就算是當下從網路讀取到的資料，又有什麼好驚訝的？」

但是這番分析和——說結論還太早——假說，對現在的我來說重要到了極點。

就像我剛才也想到的，這台機器的功能當中，我立刻能夠執行的還很少。有必要依序檢驗能否執行、能夠如何操作。其中必須優先進行的工作，是蒐集必要的外部資訊。

透過這番分析，我建立起現在這台機器應該可以上網的假說。而且可以連上網的程度遠超出智慧音箱所需要的功能，像是連地圖都可以讀取。這非常讓人期待。在我能夠執行的機器功能實驗當中，上網這項功能，應該值得優先一試吧？

因此我立刻在心中默念。

連上網路——Wi-Fi——

附帶一提，這也是之前電視介紹提到，使用說明書上也有記載的，這台「附智慧音箱掃地機器人」出於功能所需，裝設有電腦和手機使用的那種 CPU（就類似電腦的大腦）。讓 CPU 工作的基本軟體，也就是 OS，好像採用了手機常見的安卓系統。

別嫌我囉唆，其中的原理超越了我的理解，但據我想像，我的「默念」可能被翻譯成某種形式，變成安卓系統的指令，對CPU發揮了作用。從剛才儘管懵懵懂懂，但仍然像操作手機那樣成功滑動地圖檔、翻頁使用說明書來看，我的想像應該不至於偏離太遠。

因此我在心中模擬用手機連上網的感覺，再次變換各種說法，全心全意默念。

在嘗試的過程中，我想到「這台機器真的有連接Wi-Fi嗎？」這個應該要先檢查的問題，但腦袋一隅立刻冒出某種東西強而有力地豎起的感覺。這難道是「訊號良好」的信號嗎？假設剛才的地圖是來自網路，連接Wi-Fi一事就無庸置疑了。那個Wi-Fi的路由器還是叫什麼的機器，應該就在這個房間，或是隔壁房間吧。讓人擔心的，是那台機器將來會不會關掉，或是訊號變弱，但我決定相信剛才的信號。

順帶一提，我一擔心「本體的充電狀態沒問題嗎？」，便有了和剛才的Wi-Fi收訊反應基本上相同、但聲音或色彩略為不同的感覺。我把它當「電量充足」的信號。

到了這個地步，連我都覺得太樂觀了，但就連這些超乎想像的現象，我都覺得最好當成是剛才的「安卓系統指令」假說的佐證。用手機的時候，不管使用者想不想確認，訊號狀態和充電狀態不是都會顯示在螢幕角落，持續自我主張嗎？如果是一樣的狀況，就讓人越來越篤定從剛才開始的摸索方向並沒有錯。

應該是我更繼續默念幾分鐘左右之後，同樣又是唐突地，腦中冒出了全彩畫面。是日常生活中常見的網路搜尋頁面。「默念」成功了。倒不如說，順利得超乎預期，連我自己都呆了。

「呃，這是——用手機打開瀏覽器時，在初期設定中，會第一個呈現的畫面吧？」

事到如今也沒什麼好驚訝的，但這台機器的ＯＳ居然裝了瀏覽器軟體嗎？對我來說，這真是再湊巧不過，但只要是具備外行人思考的人，應該都能理解我的困惑。會質疑：從這台「附智慧音箱掃地機器人」的功能來看，根本不需要主要是從網路閱覽圖像資訊的瀏覽器吧？因為智慧音箱只需要能夠以文字或聲音傳達的資訊，既然如此，應該還有功能更簡單的軟體吧？

或許原本的ＯＳ裡，瀏覽器是標準配備，工程師懶得刪除，或是遺漏了，所以才保留下來也說不定。不過這對現在的我來說是求之不得，所以就別再上窮碧落下黃泉地追究，善加利用就是了。

看到的畫面和手機幾乎一模一樣，期待操作方式也一樣，應該不至於完全落空。我將意志集中在畫面下方，很快地成功打開了輸入文字的小畫面。不過只有輸入英文的模式，好像沒辦法輸入日文。或許有某些方法，但我暫時想不到。倒不如說，光是可以輸入英文，就值得萬萬歲了，重要的是以現有的手段繼續前進。

我最想知道的是「朱麗的現況」和「我自己的生死」，但前者實在不可能透過網路、而且是靠英文輸入來找到答案。關於後者，我也沒辦法輸入漢字「鈴木勢太」，那用拼音「Suzuki Seita」搜尋的話呢？——我實際嘗試，前面幾個搜尋結果，果然沒看到想要的資訊。而且還出現教人懷疑是不是打錯成「Seiya」的搜尋結果[1]。

〔名字跟名人這麼像，真不好意思喔——要你管。〕

不過這個問題，我有所謂的次好方案。個人姓名若不變換成漢字，很難縮小範圍（配上鈴木這種菜市場姓氏就更不用說了），但若是小有名氣的地名的話，即使用羅馬拼音，應該也行得通吧？

在搜尋欄輸入「Otaru」（小樽），將搜尋條件的時間設為「過去二十四小時」。結果「小樽車禍　高齡駕駛暴衝釀禍」的新聞出現在前幾項了。

我克制著手部發抖的感覺，點選那則新聞。

【十九日中午十二點四十五分左右，小樽市〇町的國道上，一輛轎車失控暴衝了約一百公尺的距離，撞倒多名人行道上的行人。警方證實，同市上班族〇〇〇〇（三十一）傷重不治，札幌市的警察官鈴木勢太（三十三）重傷昏迷，駕駛的無業男子（八十五）則受到輕傷。警方正依違反汽車駕駛處罰法（過失致死傷罪）的嫌疑進行偵辦。】

瞬間，意識浮上半空中。

【鈴木勢太（三十三）重傷昏迷】

新聞發布的時間是二十日十點，也就是今天的上午。

〔我陷入昏迷？〕

也就是說，我還沒死？

現在在這裡的我是靈魂出竅？

不不不，也有可能這則報導見報後，我嚥下最後一口氣，靈魂在中午過後轉移到這台機器裡。

我又看了其他新聞，但最新的報導仍是「重傷昏迷」。

可以當成我還活著吧？似乎還有希望。

死亡的上班族，是記憶中被夾在車頭和電線桿之間的男子吧。名字沒有印象。希望他能安息。

總之，似乎無法得到更進一步的確實消息了。因為如果是滑手機，只要動根

1 指日本職棒選手鈴木誠也（Suzuki Seiya），廣島東洋鯉魚隊。

手指就可以輕鬆操作，但現在的我必須全神默念好幾回，才能在不曉得第幾回時總算成功，一直在這種毫無效率的行為上打轉。這要是平常，就可以輕鬆任意嘗試，但現在卻沒辦法試上多少回。

哦，現在我已經確信我的意識離開肉體，附在這台機器上了，然後雖然或許完全是心理作用，但不管在肉體或精神上，我都感覺不到任何疲勞。原本的話，我應該可以不用理會時間，盡情試到爽，可是——

〔總之得先確定朱麗平安——〕

一想到這事我就心急如焚，沒辦法浪費時間。

上網查不到的話，下一步該怎麼做？如果被動獲得資訊有極限，就只能主動出擊了。既然不能出聲傳達，能與人接觸的方法，就只剩下文字了。

我直覺想到的是電子郵件。有沒有辦法傳 email？考慮到這台機器的 CPU 和 OS 似乎和手機系統唯妙唯肖，我覺得傳 email 應該不是異想天開。

但難以期待它具備和手機完全一樣的功能，因此透過現在正在使用的瀏覽器，嘗試接近電腦的操作，是否較為實際？

確實，我用家裡的電腦收發 email 時，也是用瀏覽器連上電子郵件管理頁面。我拚命回想約一年前在那個網站進行的設定。

在搜尋欄輸入依稀記得的站名，重試了好幾次，總算找到了。自己的電子信箱和密碼勉強還記得。這部分可以全用英文輸入進行，該說是不幸中的大幸嗎？總之花了一段時間，努力摸索後，終於進入了我熟悉的電子郵件管理頁面。

但接下來又遇到障礙了。不，這從一開始就知道了。

看看收信匣裡，有一半以上都是垃圾信件，其餘的全是只買過一次或加入會員的商家網站寄來的廣告信。

和朋友的聯絡，全都是用手機的 email 進行。電腦這邊的 email 帳號都是拿來網購的，這也是當然的。

也就是說，我想要表達的是，我沒辦法用回信的方式來聯絡認識的人。必須自己從頭輸入電子信箱才行，但我平常都用手機回覆信件，背不出半個人的電子信箱。

能不能寫信到商家的廣告信箱，詢問「鈴木勢太的生死」，請他們回覆？

〔沒人會鳥我吧。〕

當然，手機裡面存了很多有用的電子信箱和電話號碼，有沒有辦法從別的地方進入自己的手機電子郵件管理系統？至少對這方面是徹底門外漢的我，完全想不到有什麼法子。上網找方法？但是在無法輸入日文的狀況下，能搜尋到什麼東西？

首先，我連自己的手機在哪裡都不知道。遭遇那樣一場大車禍，手機非常有可能已經損壞而無法使用了。

﹝只能想想其他法子了吧。﹞

想啊，快動腦！這時，我靈光一閃。記得北海道警察的官網上有個「民眾信箱」專頁，主要是供民眾諮詢詐騙或跟蹤狂問題的，利用這個管道聯絡如何？

可是，要怎麼提問？「我的靈魂附到掃地機器人上面了，救我。」這種內容不可能有人當真。如果詢問「鈴木勢太的生死」，警方會回覆嗎？

倒不如指名要同事回信，說「我有緊急的事要找西方警察署的某某，請轉達他聯絡這個信箱」，比較實際嗎？刑事課的職員經常收到這類可疑的聯絡。

不，記得「民眾信箱」的網頁，是由北海道警察統一管理，應該會先在中部警察署進行內部處理，所以如果分秒必爭，或許不該指名西方署的同事，直接找中部署的朋友可以傳達得比較快？

中部警察署裡面，有個和我臭味相投的同期朋友。他富有行動力，即使是這種可疑的聯絡，或許也有希望得到回覆。透過這個方式，就算只是得知他的電子信箱就算是收穫了——

﹝啊?!﹞

想到這裡，我在內心大叫。

我怎麼都忘了？他的電子信箱的話，或許我知道。因為我記得很搞笑，是：

kurolove@***.JP

『Kurolove？Kuro 是誰啊？』

『這還用說嗎？當然是我最心愛的老家貓咪。牠超可愛的喔，要看照片嗎？不過我得聲明，就算你對牠一見鍾情也不奇怪，但我絕對不會把牠送給你的。』

以前我們有過這樣一段教人脫力的對話。如果我的信箱是「syurilove」（朱麗 LOVE），在個人資訊方面漏洞百出，而且感覺會惹來她天崩地裂的嫌惡，所以打死我也不會這麼做，但「kuro」的話，在個資方面就沒有問題了。當時我這麼想，接受了他的信箱命名。

沒想到這段可笑的對話會在這時候派上用場。此外，「***」的部分是知名大公司，應該不會搞錯。

我開始製作新郵件，輸入收件電子信箱，然後進入內文欄。

內文只能用羅馬拼音輸入了。我放棄掙扎，打開文字輸入畫面，結果發現並排著英文字母的小畫面右下方，有什麼東西在閃爍。這什麼？我沒有多想就按下去。瞬間——

〔哇!!〕

這天我不知道第幾次驚訝到差點腿軟。因為那裡突然冒出了手機上熟悉的日文輸入畫面。

我忍不住差點模仿最近讀的奇幻小說主角，擺出「感謝上帝！」的祈禱姿勢。

我半信半疑地嘗試輸入，如假包換，是日文假名輸入，也可以變換成漢字。在這個製作新郵件的畫面中，再也沒有比這更可靠的工具了。

不過不管怎麼想，這種東西都不可能是這台掃地機器人的標準配備。因為這台機器看上去沒有任何需要輸入日文的功能。甚至沒有任何確認文字輸入的畫面。

我可以發誓，剛才反覆在瀏覽器輸入英文的期間，都沒看到像剛才那樣閃爍的東西。這個輸入郵件的頁面是特製的嗎？我能夠想到的，就只有那個我平常在電腦上熟悉的頁面。而瀏覽器本身，和電腦及手機上使用的都不同。這就是兩者的差異嗎？

我尋思了一下，但立刻轉換思考。比起只是浪費時間的思索，現在更重要的是行動。即使只有一線希望，也只能嘗試看看了。

【請問，這是富田巡查部長的電子信箱嗎？

恕我冒昧，我直接進入正題。

我是鈴木勢太巡查部長。或許你會覺得難以置信，但請一定要相信。

我出於某些理由，現在只能透過電子郵件與外界聯絡。

總之，我想知道我女兒朱麗目前的狀況，卻苦無方法。

能不能請你查一下她的現況，並告訴我？

請看在四年前的晚上一起在薄野的「琢磨」喝酒的情誼上，伸出援手。拜託了。我欠你一回。】

寫得太長，感覺會顯得虛假、可疑，最後我決定簡單扼要。

就算老實地寫出「我附在掃地機器人身上了」，對方也不可能相信。對方應該知道我正陷入昏迷，或是已經斷氣，所以就算多加辯解，對方也不可能聽得進去。既然如此，直接跨越一般常識，訴諸擔憂女兒的父母心，或許能勉強打動對方吧？感覺只能賭上這一絲希望了。我在信中提到應該只有彼此才知道的四年前的往事，隱約期待這能稍微博得他的信任。

這個星期六，不知道富田在上班還是休假。就算他讀了信，也非常有可能完全不理會。會怎麼樣呢？還有沒有其他方法？我左思右想，暫時等待回音。

比預期的更快，約二十分鐘後，一直開啟的 email 頁面就收到回信通知了。

【我不知道你哪位，但這種惡作劇很缺德。

不好意思，我不能隨便透露個資。】

很乾脆地拒絕。

不過不服輸地說，這都在預期範圍內。正陷入昏迷的人居然傳 email 過來，這根本不可能相信，而且關於個資，他說的也完全沒錯。要是他把朱麗的狀況輕易透露給這種來路不明的對象，我反而會暴跳如雷。

但其實我隱約期待，傳聞私底下是異世界轉生輕小說忠實讀者的富田會不小心上鉤，但看起來還是想得太容易了。

但這麼一來，下一步該怎麼做？等待回信的期間，我也想過一遍了，但還是想不到其他方法。剛才想到的透過警方的「民眾信箱」頁面聯絡現在的同仁的方案，能否得到回信也實在很難說，而且想起了富田之後，感覺除了他以外，會相信這種狀況的人，可能會更加渺茫。

不屈不撓地挑戰這個突然想到的方法，也算是一種選項嗎？

【就算難以置信，可以請你相信嗎？

我真的是鈴木勢太本人。我的肉體好像陷入昏迷，但不知道為什麼，只有精神處在無法理解的奇妙狀況下。

先不管我自己，我實在非常擔心我女兒，我想知道她的狀況。

能不能請你相信我，告訴我她怎麼了？

如果你無法相信我是鈴木勢太本人，請你儘管提問，問到你相信為止。

然後，不論你相不相信，我都想拜託你一件事。

你也知道，朱麗身世特殊。就算沒辦法請警方特別關照她，可以麻煩你聯絡兒童諮詢所或類似的機關，關心一下她的狀況嗎？

求求你。我好擔心女兒，擔心得都快瘋了。我沒有別人可以求助了。

拜託。拜託。】

寫著寫著，我幾乎無法克制在末尾永遠輸入「拜託」的衝動，但還是收了尾，傳送出去。

但幾個小時過去了，都杳無回音。

望出去一看，左邊窗戶的百葉開始染上了夕陽的紅。

3

我歷經了如同前述的種種嘗試。

但是距離我見到眼前的男屍，還需要一個晚上的時間。

我已經半放棄得到富田的回信，但腦中一隅仍悄悄希望或許他會暗中為我行動。我暫時擱下與外界聯絡的念頭，回到最一開始的課題。也就是練習執行這台機器的功能。

我將使用說明書上的功能，從感覺當前需要的功能開始，逐一試驗能否執行。當然，啟動方法只有一個，就是全心全意「默念」。

附帶一提，這台機器的本體沒有任何按鈕，也沒有附屬遙控器那些。起始設定透過手機專用App進行，平時的操作，全部透過語音，或是以手機代替遙控器。看來沒有手機的人，從一開始就沒有擁有它的資格。

以現狀來看，我的「默念」應該扮演了聲音或手機訊號的角色。我決定如此解釋。

總之，來執行功能。

首先是掃地機器人功能。可以順利吸入灰塵。不，現在的我不需要這個功能，但這台機器現在是我的身體，如果它連最基本的能力都有問題，也未免太窩囊了，所以還是要確認一下。

接下來，我確認移動方面幾乎可以隨心所欲。當然，廠商設計的意圖是邊吸塵邊移動，但就算不吸塵，照樣可以四處移動。行動相當敏捷，這可說是掃地機器人的特色吧。我僅在目前所在的室內試著移動，速度也相當快。

說明書的規格欄裡載明「最高速度每秒五百公釐」。

秒速五百公釐，那麼分速……時速……

我拚命努力心算，結果腦中響起聲音：

「分速三十公尺，時速一．八公里。」

〔真的假的？〕

有兩點讓我感到困惑。首先是我沒有自己計算的感覺，卻冒出答案來，但我想應該是機器裡的ＣＰＵ的協助吧。我無從得知是什麼原理，但已決定不再為此大驚小怪。

另一點是，移動速度一下子變得難以捉摸了。

〔時速一．八公里啊……〕

想當然耳，比人的步行速度慢了許多。但我覺得這是一邊吸塵的速度。如果只是純移動，應該可以跑得更快吧？雖然說明書上沒有這樣的數字，而且在這個室內，也無從測量。

順帶一提，我自己雖然看不見，但說明書提到機身有四個橡皮輪胎，可以相當自由地變換方向。然後這好像是掃地機器人的標準能力，可以爬上二公分以內的高度。換句話說，即使可以翻越門檻，進出房間，也不可能爬上樓梯。至於下樓梯，懷著拚死的覺悟跳下去應該有辦法，但我暫時不想嘗試。

還有一個從某個意義來說最重要的功能。我一直乖乖待命的房間角落，旁邊就有個插座。只要稍微默念，就幾乎可以自動移動到那裡，接著有東西在頭上升起，使勁之後，「喀嚓」一聲完成連接，傳來一股顯然是在進行充電的體感。嗯，自動充電功能也很正常。

總之，如果充電有問題，會陷入對我來說幾乎是攸關生命的危機。如果電量歸零，我當然就無法自力移動了。更重要的是，我完全無法預測屆時自己的意識會變得如何。

只是不能動而已，還能繼續思考嗎？還是會陷入睡眠狀態，直到有人把我搬去充電？或是魂魄會直接脫離機身，就此歸西？我無法預料，也怕到不敢嘗試。

不管怎麼樣，勤加充電，這是基本功吧。幸好就如同我剛才確認的，剩餘電量似乎就如同本能一般，隨時都可以得知。

充電完畢也一樣是本能就知道，會自動拔掉插頭。外行人也可以輕易想像，插頭的插拔需要滿大的力量，因此其他廠商都採用另外準備充電器的做法，然而「E遙控電子」的社長好像是賭上一口氣，開發並且實現了。

不過對於接下來預定要離開這個房間，展開行動的我來說，這個功能讓人開心流淚。社長，幹得好！抱歉我嘲笑了電視上的您，請您大人不計小人過。

接下來，因為「嘲笑」的聯想，我也試了怪手的動作，成功熟練了。力量相當弱，但有沒有「手」，是天差地遠。

規格上說可以夾起五十公克以內的東西，但我試了幾次，發現只有一下子的話，似乎可以使出更大的力量。如果不是夾起，而是撥開、彈開的話，感覺重達數百公克的東西也沒問題。但即使考慮到這一點，依然稱得上手無縛雞之力，而且伸出怪手後，也需要多次微調，才有辦法正確碰到想要的位置。印象上若是過於期待，會大失所望。

一樣是想起當時在電視上看到笑出來，這台機器人還有一個莫名其妙的功能，就是可以把吸進去的灰塵同時從上方的排氣口噴出。

社長的說法是，有些人懶得每次都要從底下打開集塵盒，更換集塵袋，因此為這些人設計成只要在上面裝個專用袋，吸塵完畢後就可以直接把袋子拎起來丟掉。

「我是看到家用除雪機，靈機一動想到的。」社長自豪地說明。不過在電視上示範的時候，因為專用袋沒有裝好，導致灰塵從隙縫裡天女散花式地噴得到處都是，犯下讓人懷疑是故意搞笑的失敗，引來現場大笑。

總之，這個功能也確定可以正常動作。不過我自己沒辦法裝專用袋，因此當然只噴了一下就打住了。

除此之外，也有將灰塵從本體下方自動排出的功能。總覺得很像寵物在排泄，嘗試起來教人遲疑。

回想起來，在試驗移動的時候，身體內部有種隱約阻礙運動的滾動觸感。不，當然和動物的觸感不同，可是冷靜下來想想，這極有可能是在擁有意識之前吸入的灰塵垃圾，形成了運動的障礙物。考慮到往後的行動，如果能夠排出，先淨空比較好。

我刻意不去想像這畫面看起來如何，在房間角落排出。體內有著超乎想像的固體物，相當長的線狀物和疑似揉成一團的紙感覺會礙事，我用怪手抓起來甩掉灰塵，撥到旁邊。剩餘的少量棉絮，則是再次吸回體內。

這成了操作怪手的練習。接下來不知是否心理作用，感覺肚子裡輕鬆了許多。雖然八成只是錯覺而已。

其他我也試了智慧音箱功能，但幾乎沒有反應。聲音方面，我確認可以發出鬧鐘音量程度的鬧鈴音、更熱鬧一些的類似警笛的聲音。不過音量都不大，即使能引起附近的人注意，也難以期待能傳出室外，達到示警效果。

我又默念了各種指示，這時突然冒出人聲：

『早安，栗下谷成浩先生。』

真的太突然了，嚇得我手足無措，好不容易降低了音量。

後來我又東試西試，卻沒有冒出其他聲音。據我猜測，這問候應該是設定成每天早上啟動智慧音箱功能時就會發出來。因為是聲音功能當中使用頻率最高的句子，所以比較容易叫出來之類的。

此外還得到了新的情報。這台機器的主人，名字似乎叫「栗下谷成浩」。

做為智慧音箱，除此之外，應該還會回應「今天的新聞」、「告訴我小知識」、「告訴我今天的運勢占卜」等各種要求，但由於我無法做出聲音指示，因此不知道該如何執行才好。反正只要能使用瀏覽器，就可以從網路得到新聞等其他資訊，因此光是發現了鬧鈴聲和警笛聲，就該滿足了。

總之，我確認了這些功能的執行，同時也某程度掌握了啟動它們的訣竅。光是這樣就幾乎耗掉了一整晚，但這個身體似乎真的不會疲勞，也不需要睡眠。

當我掌握最起碼的功能執行感覺時，窗外開始透出天光了。這也是當然的，我無法打開房間照明，因此暫時都在進行不需要視覺的作業，但這下終於可以擺脫看不見的不自由了。

接下來該做的事——既然視覺恢復了，果然還是該確認一下周圍的狀況嗎？再次確認室內狀況，接下來若是能夠，我想摸索出去室外的方法。

室內的物品，有一張略寬的桌子，和桌後感覺應該很舒適、可以調整傾斜度的靠椅。算是空曠的書架。擺了花瓶的小几，它的正下方就是我的待機場所。家具就只有這些，整片地板鋪滿了短毛咖啡色地毯。

等於是二十日星期六中午過後我在這台機器裡醒來後，度過了第一個夜晚。這段期間，這個房間完全沒有人進出。換言之，這個房間不只是白天，連夜晚也無人使用。從室內的陳設來看，我認為應該是某人的辦公室，星期六是假日，所以沒有人來。

地毯、桌椅看上去都頗為高級，我推測這若是公司的房間，有可能是社長或高層的辦公室。或完全是自雇人士。

附帶一提，百葉窗縫隙間可以瞄見像是鋼板戶外儲藏屋的東西，由此可見，這裡似乎是一樓。

前一天我也確認過，這個房間有兩道像是出入口的門。雖然只是猜測，但感覺從我看過去的右邊、大桌正面的門是通往走廊或戶外，桌子左邊的門則通往隔壁房間。

雖然急著想出去看看，但我右邊的門，門把是圓的。不清楚有沒有上鎖，但憑這台機器的功能，要抓住圓形門把轉開，實在是難如登天，或者說完全無法想像要如何做到。

相對地，書桌左邊的門是水平把手，只要把現在橫躺的把手向下扳，應該就可以打開來。這邊的門還有辦法一試吧。當然，從地板到把手的高度感覺約有一公尺，就算伸出怪手也搆不到，但如果利用某些工具的話……

我移動到房間中央，四下環顧，卻看不到合用的工具。這種地方不可能有「可以用怪手操作的怪手」這種方便主義全開的工具，看來只能暫時死心。

我正垂頭喪氣地準備回到原位，看到了一樣東西。是剛才排出並挪到一旁的固體垃圾。

長繩狀的東西仔細觀察，似乎是約五公釐寬的鬆緊帶。就是褲頭鬆掉時，用來更換修理的那種帶子。我忽地好奇起來，解開捲成一團的帶子，發現頗有長度，而且兩端連在一起，呈現環狀。感覺圍周超過兩公尺。

〔是腰圍兩百公分的褲頭用的嗎？〕

我無聊地心想，感覺腦中有種搔癢的感覺。這個點子就算試了也沒有損失。

但如果順利成功，那簡直是幸運到離譜了。或許會覺得這是老天爺恩賜的特殊道具，想要膜拜一下上蒼。再想下去感覺腦袋會亂成一團，連語言感覺都崩壞，所以我決定不再深思下去。

用怪手捏起那條長長的鬆緊帶環，靠近桌旁的門。從靠牆的側邊，抓著邊邊揮起鬆緊帶環，朝門把甩過去。要是順利勾到把手，那就太僥倖了。

兩次、三次。不順利。

我也不認為能那麼輕易成功。反正現在的我是不會疲累的不死之身，又沒有迫切必須優先去做的事，時間又有點多，所以不管是幾十次還是上百次，我都要挑戰下去。

十次、二十次——如果我沒有算錯，在第四十一次甩空之後，忽地感覺到一陣抵抗，鬆緊帶勾到門把了。

〔讚！〕

我在內心握拳，慢慢地拉回鬆緊帶，免得這份辛苦徒勞收場。我利用帶子些微的彈力，維持與金屬門把的密合度，從牆邊沿著門板前進到把手的正下方。這時稍微豎起充電插頭的支柱，讓怪手抓住的鬆緊帶在上面纏繞一圈。接著繼續前進，鬆緊帶便逐漸伸長，張力增加。

很快地，響起門把「喀嚓」一聲打開的聲音。把手下沉，門板「吱吱吱」地叫著，朝房內打開來。大獲成功！

門是朝內開的，也算我走運。這下就可以觀察門外的狀況，如果必要，回到原位用本體推門，就可以關上門板，不會留下任何窺探室內的可疑證據。

掉落的鬆緊帶先擱到一旁，我在內心說著「打擾囉」，用怪手按住門板下方，將身體擠進門縫間。門開得更大，讓圓盤身體滑進去了。

幸好鋪地毯的地面沒有劇烈的高低差，平順地延伸到隔壁房間，只有顏色變成了苔綠色。在這個身體醒來後，我第一次離開了原本的房間。

如果原本的房間是辦公室，這裡似乎是會客室之類，我立刻看見鎮坐在相對的沙發之間的玻璃面板矮桌。到這裡什麼事都沒有。

緊接著我察覺了異狀。靠窗的沙發與桌子之間，掉落著一團龐然大物。我遠遠地繞過去查看——

掉在那裡的，是一具穿西裝的男子屍體。

4

〔媽啊……〕

我在內心呻吟。

因為太錯愕了，數秒之間，我幾乎是當機了。

男子穿著灰白色西裝，年約四十多歲，身材中等。以疑似從沙發滑落的姿勢，下半身鑽進桌底下，右側朝下倒在苔綠色的地毯上。

我沒有立刻靠近，在原地觀察，我會當下判斷那是「屍體」，是基於兩個理由。

首先是男子的臉色。可形容為土灰色的那種臉色，是我出於職業關係，看過幾次的死後經過相當久的屍體膚色。

另一點是，基於記憶我極為肯定，從昨天中午過後我就待在隔壁房間，至少聽覺是不眠不休地一直在工作，這段期間，這個房間沒有傳來任何活動的動靜。雖然有必要再確認，但兩個房間之間的牆壁和門上，看起來也沒有隔音設備。毫無疑問，這個人應該從我醒來以前，就一直倒在這裡。

儘管對死者不敬，但我悄悄感謝現在的我沒有嗅覺。現在也完全聞不到味道，但這種狀況，盛夏的燠熱中又沒有空調，臭味肯定已經彌漫到室外去了。可以想見，如果我聞得到氣味，或許可以更早發現屍體，但若是聞得到屍臭，在像剛才那樣成功開門之前，或許我已經被惡臭、困惑和焦躁逼到快要發瘋了。

面對眼前的狀況，我應該要採取的行動，當然就是報警。

但我沒辦法用電話打一一〇。

我第一個想到的，是透過先前想到的北海道警察的「民眾信箱」頁面，聯絡刑事課同事。但我正要付諸實行，想到了一件事。我剛醒來的時候，疑似GPS資訊告訴我的現在住址是「中央區北11條西△丁目」。從警察署的轄區劃分來看，是中部署與西方署的劃界附近，應該剛剛好算是中部署的轄區。

這個住址是否正確，我也無從驗證，但若要報警，也只能姑且信之了。那麼我應該向中部警察署報案。我能夠利用的方法當中，直接聯絡富田是最快的。

【昨天的信件裡提到的請求依舊，但不論你是否相信，以下的內容都請你一讀。

這是緊急通報。

中央區北11條△丁目〇——▲富士大樓一樓的房間傳出惡臭。一定是有人死在裡面了。

這絕對不是惡作劇。請你相信並處理。】

雖然光是這樣，就已經可疑到爆了，但茲事體大，富田應該不至於置之不理——我如此希望。

但還是比打一一〇報警更花時間吧。

當然，現場必須維持當時的狀態。在警方抵達以前，盡量恢復原狀吧。具體來說，如果掃地機器人在這裡，或是房門開著，肯定會帶給警方錯誤的訊息，必須恢復原狀才行。

儘管心想得速速撤退，但深植骨子裡的職業意識，還是讓我再次掃視現場。

將鏡頭稍微抬高窺看，屍體左側頭部有滲血的痕跡。死因應該是該處遭到重擊。看上去桌角等處沒有血跡，所以不太可能是腳滑跌倒造成的意外。這是他殺，倘若是意外，造成死因的物品也被帶走了，但無論如何，這裡極有可能有別人待過。那麼，那個人是從哪裡離開的？

和隔壁房間一樣，這個房間除了我剛才進來的門以外，右邊還有另一道門。門把和中間的門一樣，是水平門把，沒看見像門鎖的扳鈕，推測那人是從這道門離開的比較妥當，但現在的我無從確定門是否上鎖了。

我不經意地朝那裡細看，冷不防地，發生了奇妙的現象。視野各處開始感覺到奇妙發亮的小顆粒般的東西。地毯上幾乎到處都是，門旁的小几上、門板和旁邊的牆壁表面等地方雖然較少，但也點點閃爍著。

之前什麼都沒看到，怎麼會？不過感覺不同於實際看到的東西，印象上就像是疊加上去的資料。難道是鏡頭還是接收器終於故障了嗎？

我頗為焦急地尋思，好不容易在說明書內容的記憶中找到似乎符合的部分。這台掃地機器人具備「灰塵偵測電眼」功能，會判別地面灰塵較多的地方，自動前往吸塵。我剛才的刻意凝視，是不是啟動了這項功能？

但是透過那個功能視物，就會變得如此閃亮亮嗎？簡直就像奇幻作品的世界。不過好像沒有把「灰塵偵測電眼」的成果以影像展現給使用者的功能，因此這些閃亮亮，或許並非這項用途造成的。也有可能是透過鏡頭或CPU等，在傳至我的意識的過程中，附加了無人想到的意外效果。我覺得可以把它歸類為已經經驗過好幾次的「不用深思比較好」的狀況。

問題是，這些閃亮亮的東西，真的是灰塵嗎？從地毯上望過去，另一邊的門附近更多，從沙發到我現在所在的門附近較少。沙發與桌腳周圍雖然不多，但看起來就像被踩踏過一樣凌亂。將它視為現實中的灰塵，似乎不會錯。那麼，這裡的主人忽略了這間會客室門邊的打掃嗎？

我莫名地出於掃地機器人的職業意識而感到奇妙的憤怒，這時忽然察覺一件重要的事。

那邊的門附近，約一．五公尺的寬度裡，都沒有灰塵被踩踏過的痕跡。

換言之，這個房間裡的人，幾乎不可能是從那道門離開的嗎？如果有人離開，就是從隔壁的辦公室離開的？

那麼，假設這是他殺，可以推測兇手是從我眼前大剌剌離開的。當然，精確地說，是經過我的意識進入之前的這台掃地機器人眼前，感受總有些複雜。如果我的意識更早一點進入這台機器，或許至少可以聽到兇手逃走的聲音？

身為現職警察官，這教人扼腕，但不是現在的我能夠如何的問題。我轉念這麼想，轉過身子。

死因成謎的屍體陳屍的現場，當然不應該亂摸亂翻。我開關了這邊的門，以掃地機器人之身侵入，但這是不可抗力，希望可以不予計較。雖然不知道會不會被鑑識人員查出，但依現況我也無法解釋，所以只能全心祈禱不會影響到偵查。

回到原本的房間，推動中間的房門關上。撿起掉在地上的鬆緊帶，回到原先的待機地點——放花瓶的小几底下。

我想了一下，將剛才排出的鬆緊帶和揉成一團的紙又重新吸回體內。既然這裡即將成為偵查現場，盡量恢復原狀是天經地義的事。因為現在的我就如同這裡的家具陳設，應該會以某些形式成為調查對象。

在重新吸入之前，我出於鄉民的好奇，打開揉成一團的紙觀察，但上面只用原子筆寫了「可可雲」幾個字，應該是隨手塗鴉後丟掉的。

電量還十分充足，但為了慎重起見，我又繼續充電，接下來暫時節制一切的活動。

關上鏡頭之前，我忽然想到，也用「灰塵偵測電眼」掃視了這邊的房間。似乎從平日就清掃得相當徹底，灰塵沒有隔壁房間那麼惹眼。不過比起中央，角落似乎整個馬虎，書架附近閃閃發亮。還有，應該是通往戶外的那道門前，約十公分的寬度積了薄薄一層灰。這意味著這個範圍沒有人的腳印，但大人的話，十公分一腳就跨過去了，相較與隔壁房間，並沒有什麼好奇怪的。

這樣的觀察讓我稍微滿足了些，收起了鏡頭。怪手和充電插頭都折疊起來收好，這下我的外觀應該變回了清爽的圓盤狀。接下來我便暫時專注於聆聽和思考。

可是。就是因為會這樣，所以我才會從昨天開始，就努力把心思放在實驗機器功能等活動上。一旦停止動作，我就只能思考，結果擔憂的事果然又連番浮上心頭。

這兩個房間確定會變成不明屍體的偵查現場，狀況更教人困惑了。這下子有好一會兒都無法移動了。

自己的意識被關在這種機器裡的現狀，包括各種無法接受的事，我都甘於承受好了，但我想盡快出去外面。我克制急切的心情，先確定這台機器能做到哪些事，並觀察周圍，從如此踏實的行動開始，這也都是為了做好萬全的準備，執行絕不容失敗的離開屋外的任務。

總之，我必須確定朱麗平安，盡可能保護好她的將來。這不是可以用一句「家長過度保護」帶過的問題。

現實上，朱麗有極高的機率在不久後的將來遭遇危險。

朱麗並不是我的親生女兒，她是大我三歲的姊姊深春的女兒。

深春十二年前在札幌結婚，生下一女。丈夫是職場的前輩，兩人相戀結婚，接下來的六年，過著做弟弟的我看起來也無懈可擊的美滿婚姻生活。直到朱麗過完五歲生日的一個月後，丈夫猝死為止。

接到丈夫在職場倒下的聯絡，深春和朱麗趕到醫院的時候，丈夫已無法說話。他就這樣沒有再恢復意識，撒手人寰。

聽說公司也承認是過勞死。深春必須領著家屬年金那類補助金，獨力扶養尚未上小學的女兒。

我們的父母在我們讀大學期間死於公車意外，因此姊弟倆相依為命，我當然也擔心姊姊的新生活。但深春說剛失去父親時鬱鬱寡歡的朱麗逐漸恢復明朗，給了她信心，我也放下心來了。因為都住在札幌市內，我開始經常去探望她們，朱麗和我也非常親。

每次我去拜訪她們的小公寓，朱麗就會學她母親的口氣，喊著「勢太、勢太」，纏著我不放。

「媽媽開始去工作了。」

很快地，深春進入一家家電賣場當銷售員。接下來兩年，母女倆過著儉樸的生活。

就在朱麗即將進入小學二年級第三學期時，她們的生活改變了。

「我要有新爸爸了。」朱麗說。

才剛從姊姊那裡聽到這個消息的我，面對一臉嚴肅地報告的朱麗，也正經八百地摸她的頭說：「太好了。」姊姊為了讓孩子得到穩定的生活，匆促地做出再婚的決定，而我雖然一下子跟不上，但也不願意讓外甥女感到不安。

對方是職場上司介紹的，和深春一樣三十三歲，離過一次婚，在同一家公司的函館分店上班。上司背書保證，說他待人親切、個性隨和，深春和朱麗也從初次見到那位賀治野亮輔開始，就對他有好感，覺得親近。配合朱麗升小三的時期，深春在三月離職，辦了簡單的婚禮，搬到函館去了。

剛開始的一陣子，我也很關心姊姊的狀況，但很快就因為工作忙碌，疏於聯絡了。不過當年夏天我去函館找她們時，母女都很明朗的樣子，新姊夫圓滑誠懇的態度，讓我感到放心。

讓我介意的，頂多就只有他們在同住之前，他都沒有告訴深春他有菸癮。他惶恐地說明，現在妻女在家的時候，他也會自律，抽菸時一定都會出去屋外。

年關過去，開始雪融的時候出事了。那個星期天上午，我正在公寓無所事事，手機忽然接到電話。

「勢太，救命！」

是從公共電話打來的，彼端冷不防傳出朱麗急切的聲音。「媽媽要被打死了！」接下來的話，讓我甚至忘了呼吸。

媽媽被打了，在房間裡縮成一團。我要趕快回去保護媽媽，要不然媽媽一定又要被打了。我要回去了。

朱麗語速飛快地說完，我還來不及制止，電話就掛斷了。

雖然沒有說出打人的是誰，但既然發生在家中，自然不難想像。如果是強盜或這類突發事故，朱麗這孩子這麼聰明，一定會明確地告訴我。

家暴——我的腦中當然浮現出這兩個字。

以常識來看，我應該立刻打電話給姊姊，但我立刻想到這麼做有可能讓狀況更糟。我幾乎沒辦法思考，跳上自己的車。開快一點的話，到姊姊函館的家，需要四個多小時的車程。一定要趕上！我踩著油門，拚命祈禱。

這四小時的路程，感覺是從未經歷的漫長，但實際上我比預期中更快就趕到現場了。我按下公寓一樓的門鈴，傳來的是姊夫的應門聲。

「我是勢太，我姊在嗎？」

「咦？啊……勢太？不，深春出門了……」

「請開門，讓我看我姊和朱麗。」

「呃，不是……」

「不讓我進去，我立刻報警。」

「這……」

一段沉默。接著傳來應該可以從客廳操作的解鎖聲。

我開門衝進屋內，發現客廳陽台整個打開，姊夫不見蹤影。桌上是塞滿了菸蒂的菸灰缸，其中一支還在冒煙。應該是警察弟弟找上門來，讓他自知無法抵賴，逃之夭夭了。

打開朱麗的房間，母女倆抱在一起，縮成一團倒在地上。兩人都鼻青臉腫，但幸好意識清楚。

姊夫今天一早心情就很差，嫌早餐難吃，打了深春。兩人吵起來，姊夫越來越激動，打個不停，連插進來制止的朱麗都被踢了，所以深春用全身保護她，讓她逃出外面。但朱麗很快又跑回來，保護母親，痛罵繼父，結果姊夫原本就快熄火的脾氣又被引燃，不斷地對母女倆拳打腳踢。

深春一邊抽泣一邊說明。我用保冷袋為兩人冰敷，打電話報警。

深春一臉憔悴地說，直到夏天以前，丈夫都還很溫柔，但後來漸漸換了副臉孔。他看起來越來越無心工作，深春詢問職場，才發現他多次請病假。檢查他的東西，找到了許多損龜的賽馬券，而且是好幾個月的份。

那天她與回家的丈夫對質，結果平日看似溫和的丈夫表情不變。

「妳少干涉我的事，女人只要顧好家裡就夠了。」他這麼說。

再婚後的家中經濟，因為有深春前夫的家屬年金等，頗為寬裕。從丈夫的言談當中，可以看出這件事削弱了他在工作上打拚的幹勁。

上司保證待人親切溫和的個性，完全是長年偽裝出來的假象，內在其實完全相反，接下來深春切身體會到這個事實。

丈夫似乎根本不打算跟人講道理，或遵守社會常識。

他宣布說，老婆小孩都應該對家長唯命是從，不許頂嘴。

不是我的錯。這是我父母的遺傳。我並不想要這樣，有時卻無法克制動輒失控的情緒。

妳跟朱麗都是我的。我會把妳們管教成我要的樣子。要是妳們敢反抗還是逃跑，我無法保證妳們的下場。既然是我的東西，就算妳們跑到天涯海角，我也會抓回來。

「我不想傷害朱麗。只要她乖乖的，我不會對她做什麼。可是如果她不聽話，我會不擇手段管教她。」

深春說，雖然丈夫沒有親口對朱麗本人這麼說，但他曾一臉嚴肅地對妻子如此通牒。

一想到女兒，深春無力反抗。在當時，丈夫只是請假次數增加而已。丈夫長年來塑造的對外假象沒辦法立刻推翻，而且這也無法構成訴請離婚的理由。但一想到他對女兒接近恐嚇的言詞，深春決定只能自己承受這一些。

但是，等於是對妻子揭露自我的賀治野，在與妻子獨處的時候，完全停止偽裝了。他對妻子高高在上，頤指氣使。深春稍有反抗，他就暗示要加害女兒。

從前年年底，迎接新年，然後進入春天。這段期間，狀況宛如雪崩一般，急轉直下——深春回顧道。

首先，丈夫開始動手打妻子。一開始還會顧忌，免得被女兒發現，但朱麗很快就察覺不對，開始庇護母親。面對女兒反抗，丈夫開始展現赤裸裸的暴力行為。一開始還怕被人發現，毆打母女的肚子或臀部，但這幾天甚至明目張膽地對臉動手了。

深春覺得已經到了極限，今天設法讓朱麗逃出家門外，然而事與願違，朱麗立刻又跑回來，一起挨打。

「朱麗，妳上次才答應爸爸的不是嗎？妳不是說要聽爸爸的話，當個乖孩子嗎？誰叫妳要當壞孩子，害爸爸非動手管教妳不可。妳得變成乖孩子，爸爸就不用像這樣管教妳了。」

丈夫夢囈似地不斷重複著，一拳又一拳打過來。深春用全身抱住女兒保護她，背部不停地承受著毆打。丈夫打了一陣，暫時休息，散漫無章地說些教訓的言詞，又激動起來，動手開打。就這樣不斷反覆，過了好幾個小時。

但打了一段時間後，應該也是累了，丈夫癱坐到地上，喃喃自語了一陣，很快又站了起來：

「為了管教妳們，搞得午飯都延誤了。妳們懂了的話，就一起過來吃午飯吧。」

丈夫說著，慢吞吞地走進廚房。一陣摸東摸西的聲響，這時玄關門鈴響了。

賀治野得知我找上門來，似乎當下判斷被我看到妻女的狀況，無從辯解，決定逃之夭夭。

我想著得把她們送醫才行，返回客廳，這時聞到莫名甜膩的香味，不經意地看了一下廚房，發現金屬大缽裡有黃色奶油狀的東西。好像正在攪拌鬆餅粉，感覺那個量完全足夠三個人吃。

我實在不懂姊夫腦子裡在想什麼，搖了搖頭。

我請醫院開了驗傷單，向警方報案，把母女接回我札幌的住處。

隔天，賀治野被警方依傷害罪逮捕，深春對他申請保護令，並展開離婚程序。

法院審判出爐，賀治野被判處緩刑。那是去年秋天的事。

5

我正回想著這些，房間外開始傳來人聲。「確實有可怕的味道呢。」男聲這麼說。很快地，這間辦公室的門鎖被打開，制服警官進來了。

看到這裡，我再次收起抬高了一下的鏡頭，乖乖化身家電。前往會客室發現遺體的警察驚訝的聲音，以及接下來的一團混亂，我全靠聲音來掌握。室內進行著對我來說十分熟悉的偵查活動。

從偵查人員的對話，以及後來上網搜尋新聞，我得知了一些事。

死者名叫栗下谷成浩，四十一歲男子，好像在這棟富士大樓一樓的兩個房間，一個人經營司法書士[2]事務所。住家是距離這裡約一百五十公尺的公寓，單身獨居。身高一七一公分，體重六十九公斤，死亡時的服裝是全套灰白色西裝，應是在正常上班。死因是左側頭部遭到重擊造成的頭部外傷。幾乎是當場斃命。兇器還沒有找到。

只能整理這些資訊，按兵不動的我，怎麼樣都無法遏止回憶流過腦中。

朱麗小學三年級剩下的時光，和母親一起在西區琴似的我的住處，幾乎足不出戶地度過。從四年級開始，她轉學到附近的小學就讀。

兩人在這裡逐漸安頓下來了，但我覺得還不能掉以輕心。這段時期，我們都在等待賀治野的判決出來，但感覺只要沒有人監視，那傢伙不知何時又會對母女伸出魔爪。

據說賀治野在偵訊中承認傷害嫌疑，溫馴地供述說：「對於動手打人，我深自反省」、「那只是在管教小孩」、「我想要見妻子女兒，當面向她們道歉」，但綜觀他的發言，讓人懷疑他認為兩人理應受他支配的認知根本沒有改變。這些觀念根植於這個人的本性，應該不是外力能輕易改變的。

我們向小學說明狀況，並確認上下學路線就在商店街，一路上都有人。然後徹底叮嚀朱麗，一定要和住附近的小學生一起上下學，書包一定要別上防身警報器。

新學期開始約一個月左右，朱麗就和附近的同學變成好朋友，恢復了原有的開朗性情。

至於深春，她極力避免外出，關在家裡。除了做家事以外，她好像整天都在

2 司法書士為日本的準司法人員之一，工作性質類似台灣的代書。

看電視、滑手機、用電腦上網來打發時間。她說從網路下載的電子書閱讀量增加了，這是她原本就有的習慣。還說業餘作家發表小說作品的網站裡，有許多意外的傑作。

看到母女倆逐漸恢復日常，我也覺得稍微可以喘口氣了。

女兒似乎融入新學校，讓深春放下心來，進入夏天的時候，她也開始外出採買食品了。她和我討論，說等正式離婚和賀治野的判決出來後，生活再穩定一些，就在附近租房子搬出去，母女一起生活。

就在生活開始穩定下來的時候，賀治野被判有罪，離婚也成立了。然後即將入冬的時候。

我絕不可能忘記，那是十一月二十九日星期四的事。

近傍晚時分，在署內執勤的我的手機接到朱麗的電話。

「勢太、勢太……媽媽她……」

朱麗就這樣哽住，抽抽答答地哭了起來。應該是看不下去，似乎陪在一旁的主婦拿起她的手機向我說明。

深春倒在距離和我同住的公寓一百公尺處的路上。路過的主婦們發現，叫了救護車，這時朱麗他們的小學生放學路隊經過了。

深春被送醫，但到院時心跳已經停止了。

外觀看似沒有異狀，但醫生說死因是頭部遭到撞擊造成的顱內出血。但不明白深春是怎麼撞到頭的。有路人在遠處目擊她倒地的現場，據說直到上一刻，她都很正常地行走，卻突然當場蹲了下去，趕過去的時候已經沒有意識了。

醫生說明，有時候頭部遭到撞擊的當下和暫時，都不會有異狀，但顱內仍繼續出血，讓人在之後突然陷入昏迷。

警方認為死因可疑，展開調查，但結果不管是原因還是撞到頭的地點，都沒有結果。深春倒地的幾分鐘前，還在蔬果行買東西，很普通地和店員交談。後來她經過人多的路線回家，直到被人目擊倒地為止，都沒有人看到可疑的狀況。撞到頭應該是去買東西之前，但深春出門後去了哪些地方，也沒有人知道。

站在我的角度，我無法不懷疑是賀治野跑到附近來，對深春施暴的可能性。雖然是判決定讞後的緩刑期間，但這時失業的賀治野的行動並不清楚。警方詢問本人，他承認他離開函館的家，去了札幌，但更詳細的行動就不清楚了。他說他在新札幌四處閒晃，但沒有人可以證明他是否有足夠的空檔往返琴似。

即使如此，還是找不到任何足以懷疑賀治野牽涉其中的證據。

據我猜想，是賀治野把深春叫出去，在無人的公園等地點談判，結果激動起來，打了深春。但深春並未當場昏倒，而是舉起防身警報器警告「我要叫人了」，所以賀治野撤退了。深春也許感到頭痛，但為了避免引來擔心，表現得很堅強，像平常一樣去買東西，然後踏上歸途。我猜想可能是這樣。

但完全沒有證據可以證實這番猜想。若是如同猜想，就因為深春努力裝成沒事的樣子，結果連她是何時、在哪裡挨打的都沒有人知道了。所以也完全沒有目擊者和物理證據。

唯一讓我耿耿於懷的，是附近找不到深春的手機，但光是這樣，並無法構成她被施暴的證據。也有可能她在跌倒等意外的時候，手機掉出口袋，就此遺失。

深春在下午兩點四十一分離開我琴似的住處，三點半去買東西，這一點透過監視器和店員的證詞確定了，然後三點四十五分左右，她被人目擊倒在路上。

賀治野在兩點三十八分及三點二十六分，被人看到在新札幌ＪＲ車站及商店街。

從新札幌到琴似，搭地下鐵要三十分鐘，搭ＪＲ也要二十分鐘以上。其他交通手段應該都要更久。而且在新札幌，地下鐵和ＪＲ車站彼此緊臨，但在琴似卻相隔遙遠，到我住的公寓或商店街，從地下鐵站走路要五分鐘，但從ＪＲ車站卻得走上十五分鐘。

換言之，關鍵的時段，賀治野沒有被人目擊的時間只有四十八分鐘左右，不可能往返琴似。

如果兩人是在新札幌和琴似的中間地點會面，理論上或許辦得到，但深春不可能答應賀治野這樣的要求。關於這一點，我還有我們唯一的姑姑，都苦口婆心再三叮嚀過深春。賀治野的話，為了對外做出「並未違反保護令」的辯解，或許有動機把深春找去中間地點會面，但深春沒有理由答應。

此外，兩人碰巧前往中間地點、碰巧遇見，更是不可能的事。地下鐵大通站等札幌的市中心也算是中間地點，但當天深春應該沒有去市中心辦事。

結果這件事的偵查無疾而終。書面報告上只說很有可能在某處跌倒而導致頭部撞擊。雖然是我們轄內的案子，但我並未直接參與辦案，無法再提出異論。

倒不如說，我面臨了比偵查更重要、更切實的問題：失去最心愛的母親，朱麗完全封閉自己了。

這段期間，我請假在家，一直陪著朱麗。因為朱麗一直散發出連一刻都不容輕忽大意的危險氛圍。

接到母親過世的噩耗，朱麗整個人彷彿凍結了，宛如拋棄了一切的感情。她跟在應付警方和處理喪事的我身邊，沒有半滴淚水，面無表情，就這麼站著。

火葬和提前在葬禮辦的初七法事結束後，我們一起回到我的住處。祭拜父母的樣式簡單的佛壇上，加入了他們女兒的牌位和骨灰罈。

在佛壇前並排合掌後，我轉頭看旁邊：

「妳一定累了吧？會不會餓？」

「不會。」

朱麗的頭幾乎是文風不動地站了起來，回去自己的房間開始換衣服。就是從這時候開始，我明確地不安起來。感覺就像是之前都因為忙碌而半信半疑的疑懼終於具體成形了。

「晚飯叫外送。朱麗，總之妳先休息一下比較好。」

「嗯。」

朱麗一樣沒有點頭，在平常的暖桌前坐下。太陽下山後，她也沒有開電視，而是面無表情地一直坐在那裡。

我期待這只是暫時性的狀況，但朱麗那槁木死灰般的模樣，過了幾天依然沒有好轉。雖然會執行進食等最基本的活動，但除此之外，就頂著一張呆滯的臉坐在那裡。就連吃飯也不會主動要求，即使我盡量挑選朱麗喜愛的餐點，她進食的模樣，也讓人懷疑她是否失去味覺了？

觀察了幾天後，我問：

「妳要去上學嗎？」

她的眼睛茫茫然地晃了晃，應道：

「……不想去。」

我不想強迫，只能點頭說「這樣啊」。

如果朱麗大哭大叫，或許還有辦法處理。但彷彿精神死去、一碰就碎的危險預感，讓我甚至想不到能怎麼做，只能像個木頭人般陪在一旁。

除了原有的喪假，我聯絡職場請了有薪假，但依舊束手無策地過著每一天。看著答應我唯一的要求，自告別式那晚便在我的房間鋪床一起睡，卻毫無生氣的外甥女的睡容，我不斷地長吁短嘆。

明明那天在火葬場撿骨完畢，進行默禱的時候，我對著姊姊的遺照發誓「朱麗我會好好照顧，妳不用擔心」。沒想到才短短幾天，就落得這副德行。我真想大力嘲笑自己的沒用。

葬禮後不知道過了幾天——事後一算，是第七天——一樣兩床被子並排在一起入睡的夜晚。我對著換上睡衣坐在床上的朱麗，以整個沒轍的聲音說：

「我說朱麗啊，舅舅有事跟妳商量。」

「……什麼事？」

「我可以哭嗎？」

「咦……？」

「我唯一的一個姊姊過世了，我實在傷心得不得了。可是我是男生，比妳先哭不是很遜嗎？我一直在忍耐，可是好像已經忍不下去了。」

「………」

「我可以哭嗎？朱麗，妳可以安慰我嗎？」

「……好。」

「謝謝。」

我緩緩地伸出左臂，將外甥女嬌小的身體抱到身旁。

「對不起啊，朱麗。」

「………」

「她是個好姊姊，也是個好媽媽。」

「……嗯……」

「或許她的人生不幸多過幸福……可是她不是說過嗎？『光是擁有朱麗，我就是全世界最幸福的人了。』」

「………」

「謝謝妳，朱麗。謝謝妳讓我的姊姊幸福。」

「……嗚、咕……」

我在左臂使勁，感覺到強烈的震動。

「媽媽……媽媽……」

接下來淚水就像潰堤的洪水，顫抖、抽泣。朱麗以意想不到的力道緊緊地箍住了我的脖子。

「媽媽……！」

完全沒有任何演技、算計這類小聰明。我也將臉頰抵在她溫暖的頭髮上，不像話地嚎啕大哭起來。

隔天早上。

穿戴好準備上學，對佛壇合掌膜拜的朱麗一本正經地回頭對我說：

「我已經答應媽媽了，我會好好照顧勢太，叫她不用擔心。」

看著意氣風發地出門的外甥女，我無言以對。

——咦？回想起這些種種，淚水奪眶而出——機器又沒有眼淚，心理作用。

總之整理記憶之後，我再次確認了。

不久後的將來，朱麗會遭遇危險，這個推測絕對不會錯。

從已知的資訊來判斷，賀治野應該尚未放棄支配朱麗的欲望。這幾個月來，他都沒有堂而皇之地出面干涉，這與其說是因為他正在緩刑期間，更應該是因為我這個朱麗的監護人是警察，發揮了牽制效果。

但如果他知道我因為這場車禍陷入昏迷，這份牽制力就會消失。

該說慶幸嗎？在網路上搜尋到的新聞，報出昏迷的傷者姓名是「鈴木勢太」

的，就只有一則，其餘都是「札幌的警察官」。如果電視新聞也是這樣處理，我認為賀治野很有可能還沒有發現這次車禍的傷者是朱麗的舅舅。而且就算看到姓名，「鈴木」也是大姓。

但如果賀治野察覺，很有可能會把這當成接觸朱麗的千載難逢好機會，立刻付諸實行。如果我的肉身死亡，電視和報紙詳細報導包括姓名在內的身分的情形就會增加，賀治野得知這件事的可能性就更大了。我必須在發展成這種狀況以前，確保朱麗的安全。

關於朱麗目前的下落，我沒有任何資訊，但依常識來看，最有可能的就是在我姑姑——鈴木美佐繪那裡。美佐繪是我父親的妹妹，對朱麗來說，也是血緣最近的親人。最重要的是，姊姊死後，除了這名姑姑以外，我沒有其他近親，因此要交給職場的——我不知道正式名稱叫什麼——填有「緊急聯絡人」的文件，我都是寫姑姑的姓名和電話。像這次這樣，職場得知本人陷入昏迷的狀況，應該就會通知姑姑。

更剛好的是，姑姑現在住在小樽。我送醫住院的地方應該也在小樽市內，朱麗投靠姑姑家，然後去醫院探望我，這樣想比較自然。

美佐繪姑姑我記得才剛過四十，年紀比起她的哥哥，也就是我的父親，更接近她的姪子姪女，所以小時候她很疼我們姊弟。我還在念書，她已經出社會的時候，還有我父母過世的時候，她都多方照顧我們。

但如果看在關係如此親近的分上，說得不客氣一點，姑姑一言以蔽之，就是個絕對會被烙上「沒有生活自理能力」烙印的人。她每一份工作都做不久，都已經四十多歲了，仍是個驕傲的自由業者，結婚也八字沒一撇。唯有年輕的時候出於興趣開始做的木雕小物是她的生活意義，現在和朋友在小樽租了家小店，販賣這類小物給觀光客。

這十年左右，每年大概一、兩次，在我都已經忘記的時候，她會突然傳來求救訊息：「我已經三天沒吃東西了！」收到求救，我會連忙跑去把她扛到飯館餵食，每次都不例外。

這部分的詳情姑且不談，現在重要的是，深春和朱麗搬來和我同住以後，我們也在那些賑飢行動中一起吃過飯，所以朱麗和美佐繪見過幾次面，兩人相當投合。姑姑的經濟狀況相當令人不安，但我認為她應該不會拒絕短期收留朱麗。

但另一方面，若是這樣，可以說朱麗的處境更危險了。

因為和我同住的時候，我向校方及鄰近街坊說明過狀況，請眾人幫忙留意，而且上下學路線的商店街隨時都有人，也有監視器。我千交代萬交代，叮嚀朱麗上下學一定要和朋友一起，絕對不能落單。而且不用別人說，朱麗對前繼父的嫌惡和恐懼，讓她到現在都還會做惡夢，所以不可能違背大人的提醒。

相對地，如果她到小樽和美佐繪同住，那邊的防備會是如何？不太可能得到鄰居的協助，而且如果每天都去醫院看我，也無法保證路上會發生什麼事。最重要的是，美佐繪和朱麗很有可能都只關注我的狀況，完全忘了防範未然。

至於賀治野，如果能查到昏迷的警察在哪裡住院，只要在醫院守株待兔，要逮到去探望的朱麗，是易如反掌。只要跟著她回家，也可以知道她住在哪裡。若是挑選時段，在只有朱麗一個人或兩個女人在家的時候侵入攻擊，根本毫不費力。

由於可以輕易想像這些情節，我簡直是坐立難安。

即使要請求警方保護，我也想不到比聯絡富田更好的方法。而且我並沒有賀治野想要對朱麗下手的明確證據，這樣的通報內容，也很難促使警方行動。要是我知道美佐繪的電子信箱，就可以警告她了，但現在也無從查起。

總之，我想要親眼確定朱麗平安，但從札幌市的現在地點，到小樽的市中心，有約三十公里的距離。若是搭車移動，一點都不遠，但現在的我沒有移動的方法。

我想不到要人來搬運這台掃地機器人的理由，也沒有傳達的方法。即使成功離開屋子，試著自力移動，以最高時速一．八公里的這具身軀，就算能夠順暢無阻、馬不停蹄地前進，也需要將近二十個小時。一般從現實來看，即使花上一天一夜都難以抵達。

然後又回到上一個階段，現在的我，是偵查現場的物品之一。偵查結束之前，我應該沒辦法離開這裡，甚至很有可能在現場勘驗結束之後，被搬到某處保管。真正是走投無路。我到底該如何是好？

6

我安分地沉浸在思索的期間，警察在室內繼續活動。當然是以隔壁的會客室為中心，大批人馬在兩個房間的門口進進出出。開放的中間的門內，傳來對我來說極為熟悉的活絡對話。

鑑識調查大致結束，遺體好像也搬走了。當然，警察也在這邊的房間調查了一陣，我也被抬起來，感受到疑似採取表面指紋的觸感。

人聲和腳步聲再三往返。這些聲音忽遠忽近。漸漸地，室內恢復平靜了。注意到的時候，這邊的房間空無一人，隔壁會客室只剩下似乎只有一個人的悠閒腳步聲。

踱步了一陣之後，腳步聲變大了些。中間的門「吱……」一聲打開來，有人走進這裡。

那人走向我看過去的左邊，有窗戶和辦公桌的方向，中間停步了幾次。接著穿過房間，似乎要走向右邊的門。

腳步聲經過中央，去到右邊時，我隱密地悄悄伸出一小截鏡頭偷看。站在門前的是深灰色的西裝背影，個子不算高，但身形寬闊結實。大約四十多歲吧，稍微露出側面的男子容貌，似乎在哪裡看過。對方應該是中部署的刑事課刑警，我應該也見面交談過，但想不起名字。

熱心觀察門板的模樣沒什麼稀奇的，因此我又悄悄收起鏡頭。暫時只聽到一個人默默走來走去的聲音，然後響起了敲門聲。

「笠置大哥，你在這裡嗎？」

「對，我在裡面。」

對於較年輕的呼喚聲，略為沙啞的聲音回應。對了，他叫笠置，記得最近剛升警部補。

才剛想到這名字，我的意識立刻被年輕的聲音吸引了。開門後傳來的清晰嗓音，顯然是富田的聲音。

「接到報告了。是關於那個AU的首字母。」

「哦，被害者的記事本裡面的。」

「對，是死亡推定時間的前天下午的訪客預定。從手機聯絡人和記事本過去的紀錄，鎖定了兩名可能的人物。一個是宇津木綾彥（Utsuki Ayahiko），不久前和被害者合夥開這間事務所的男子。另一個叫梅谷敦美（Umeya Atsumi），好像是客戶。木原學長和熊田去問話了。」

「前合夥人和客戶啊。」笠置警部補回以沉靜的低吟聲。「雖然還不能說什麼，但至少這兩個人都可能進過這間辦公室，還有隔壁的會客室。」

「那麼，他們應該也知道那裡有玻璃菸灰缸，即使是預謀犯案，也不需要事先準備兇器。」

從富田的口吻聽來，這起案子很有可能是他殺，兇器則是會客室的菸灰缸。我進去隔壁房間時，沒看到什麼菸灰缸，是兇手行兇後帶走了嗎？應該是從知道室內狀況的人那裡問到本來有菸灰缸，然後又沒有其他物品符合被害者的傷口，是用刪去法類推的吧。

「不能過於武斷。」警部補乾脆地打住這個話題。「這裡的鑰匙，問過管理員了吧？」

「對，鑰匙相當特殊，好像幾乎不可能另外製作備份鑰匙。」

既然會提到這件事，表示兩個房間都是鎖上的吧。

「這兩個房間通往走廊的門，使用的是ＩＣ晶片共通的感應卡。感應卡只有三張，被害者懷裡有一張，這邊的桌子抽屜裡有一張，還有管理員宣稱他萬無一失地保管的一張，好像就這三張而已。開門當然需要感應卡，離開的時候也絕對需要用卡片上鎖。原本好像也可以設成自動鎖，但管理員說這個房間設定成必須用感應卡上鎖。正確地說，是離開時必須用卡片上鎖，入內的時候，只要轉動門把關上門，就會自動上鎖。門把的動作內外不同，感測器會自動偵測。管理員強調絕對不可能造假。管理室保管這棟大樓每一戶感應卡的保管庫，也會逐一記錄每一張卡片的進出，絕對不可能非法使用。」

「哦？」警部補哼了哼。「可是這麼一來，就變成被害者倒下之後，沒有人可以離開這個房間了。窗戶全部從室內上鎖，兩道門又是那種狀況的話……」

「天花板、地板和牆壁都沒有可以進出的地方呢。兩面窗戶除了一般的月牙窗鎖外，還裝了防盜用的輔助鎖，關得密不通風。而且必須在雙層窗中間操作，除了人親自動手以外，實在不可能用其他方法上鎖。」

「可是，既然室內找不到敲破被害者頭部的兇器，就一定是有人帶走了。」

「如果有什麼機關，一定就是門吧。只要從室內轉動門把，就可以上鎖。」

我聽到疑似富田靠近走廊門的聲音：

「辦公室這邊的是圓形門把，會客室那邊是水平把手，所以那邊的把手，或許可以像推理小說那樣，用繩子綁起來拉動。可是沒有任何門縫可以從外面操作絲線。」

人好像回頭了，聲音變得清楚了些：

「而且鑑識結果說，那邊的門附近，地毯上積了薄薄一層灰，如果有人走過，應該會留下痕跡，但以門為中心的半徑一．五公尺的半圓內，完全找不到腳印。」

「表示平常沒有人進出那道門呢。除非把門打開，然後跳進來。」

「不太可能做出這麼不自然的動作吧。而且那些灰塵，也不到肉眼清晰可見的程度。」

「指紋報告出來了嗎？」

「兩個房間裡找到的，都只有被害者的指紋。不過那邊的玻璃桌面，還有這邊的門的外側門把有被擦拭過的痕跡，無法驗出指紋。附帶一提，會客室的水平門把，內外都只有不清楚的老舊指紋，還有並非刻意擦拭的輕微擦抹痕跡而已，但水平門把的話，也可以用戴手套的手抵著尾端操作，所以這部分無法確定呢。」

「腳印那些……也沒辦法吧。要是發現什麼特徵十足的腳印，鑑識早就興高采烈地報告上來了。」

「就是啊。因為是鋪地毯，除非積了厚厚一層灰，否則好像不會留下清楚的腳印。隔壁會客桌椅的周圍到中間的門，還有這邊的地板好像經常清掃，只看得出平時常有人走來走去。大概是每天都出動那邊那台掃地機器人吧。」

抱歉，這邊的房間痕跡，感覺很大一部分是因為我實驗性地動來動去造成的。

「不知道是使用者設定還是機器的功能，房間角落，尤其是門的附近好像都沒有掃乾淨。這道門前好像也有薄薄一層灰，但這邊似乎是可以一跨而過的寬度。」富田說。

「從灰塵和擦拭指紋的痕跡來看，有人進出的應該是這道門嗎？」

「畢竟都特地把外面的門把擦乾淨了。兇手最後離開的時候，或許戴了手套，或者用布捏住邊緣，採用這類不容易留下痕跡的方法，不過來訪時還是得握住門把開門，所以有必須擦掉吧。」

「很有可能。」

「管理員說幾乎不可能製作備份鑰匙，但也許並非絕對不可能。雖然我不清楚，不過ＩＣ晶片的偽造和複製，或許只要有專門知識，就能辦到。」

「是不能斷定，但有這個可能呢。」

「再說，這完全是我隨便猜的，但如果剛才提到的前合夥人曾經持有這裡的感應卡，就有偽造的機會呢。」

「嗯。」沙啞的聲音微微從右向左移動。「這部分的詳情，也等木原他們報告吧。」

我聽到什麼東西「喀噠」活動的聲音，微微睜眼，看見警部補蹲在書架前，打開底下的抽屜。

「裡面有什麼嗎？」富田問。

「滿空的呢。只有桌上用的膠帶台和幾張文件。好像是列印出來的電子郵件，但日期是快一年前的。內容——網購書本時的出貨預定。」

「感覺跟這次的案子無關呢。」

富田朝那裡走近，這時響起「嗶嗶」一聲，他伸手入懷。好像是手機接到訊息。

「長谷川的訊息。是目前查到的被害者背景。」

「念給我聽。」

我關上鏡頭，不客氣地一起洗耳恭聽。內容如下：

栗下谷成浩是札幌人，私大畢業三年後通過司法書士考試，進入大學學長任職的市內司法書士公司工作，七年後自己出來開業，和原職場大兩歲的學長宇津木綾彥合夥在這棟富士大樓開了事務所。栗下谷因為有父母的遺產，經濟寬裕，開業資金主要由他負責，一開始似乎是期待擁有許多客戶的宇津木的人脈。

開設事務所六年多，業績算是順利成長，但今年五月，宇津木和栗下谷拆夥了。直到拆夥前一刻，兩人看上去都很融洽，但傳聞說原因似乎是女人。

栗下谷這個人原本就是出了名的性好漁色，都四十多歲了，卻不曾結婚，據說和特種行業、事務所雇的行政小姐，甚至是客戶，都傳出過許多緋聞。而且還和有夫之婦交往，肆無忌憚地聲稱「特別刺激」。

直到五月初，兩人看起來關係都很好。在這裡上班了一年的行政小姐因為和栗下谷感情鬧翻，在四月離職。對於這件事，宇津木也只有「又來了」的反應，聽之任之，但緊接著就對栗下谷說「事務所保持乾淨很重要」，要他買了掃地機器人。大樓管理員也看到兩人好玩地實驗機器功能的樣子。看來就是在這之後不久，兩人關係決裂。在管理員的印象中，宇津木相當唐突地離開了事務所。

「從被害者的記事本內容來看，他好像約半年前開始，就相當頻繁地和那個叫梅谷敦美的女子碰面，兩人有可能是那種關係呢。」富田的聲音說。

「目前檯面上的兩人如果都和被害者有糾紛的話，很有可能是為了女性問題嗎？總之詳情似乎還是只能期待木原他們的調查成果了。」

「是啊。現在我們能做的，也只有鑰匙這部分了嗎？」

「唔……偽造ＩＣ晶片這種事，在這裡也無從調查……」

「唔……」

「笠置大哥有什麼其他想法嗎？」

含糊的沙啞聲音稍微遠離了。偷瞄一看，警部補站在中間敞開的門前，似乎正在交互觀察兩個房間。

「我是有個很荒謬的想法啦……」

「是什麼？笠置大哥的靈光乍現，曾多次正中紅心，請別覺得荒謬，丟到一邊，我們仔細研究看看吧。」

這麼說來，我好像聽過這樣的傳聞。這名警部補不管是外表或是實績，向來都是公認「腳踏實地辦案型」的警探，但聽說他有時會突發奇想，因此突破僵局。

「不，可是這真的太蠢了。」老邁的聲音參雜了苦笑。「如果是另一邊的水平門把，是不是可以用空拍機之類的機器轉動？」

「哦……」

富田就像他剛才聲明的，似乎也嚴肅地加以評估：

「從地毯積塵的狀況來看，並未使用會碰到地板的機器類。可是如果是空拍機那類飛行機器，就有可能呢。如果力道足夠，或許有辦法轉動門把。感覺也可以從門外遙控操作。具體來說，先把門打開，嫌犯用跳的出去。門是向外開啟的，所以先用繩子綁住門把，再綁在空拍機上，預先做好這些準備再關上門。接著讓空拍機向下飛行，門把就會下拉，繩索自動脫落，接下來只要飛離現場就行了——是這種方法嗎？」

「到這裡感覺是辦得到，可是……」警部補的聲音又參雜了苦笑。「剩下的問題是，空拍機消失到哪裡去了？這中間的門關著，窗戶也是密閉的。我們翻遍了整個室內，也沒找到那樣的遙控機器。因此這個突發奇想只能駁回。」

「請等一下。」富田低吟回應。「只要預先打開這中間的門，或許可以在空拍機經過之後再把門關上吧？進入這邊的房間以後，門只要一推就可以關上，或許空拍機也辦得到。」

「唔，是啊。」

「發現屍體時，警察和管理員是從這邊的門進來的，但如果兩人進來，進去隔壁房間以後，這邊的對外門沒有關上，空拍機就可以趁這時神不知鬼不覺地飛出去……」

「有可能嗎？……可是這太危險了。警察和管理員進房間的時候，空拍機要躲在不會被發現的地方，接著溜出走廊，然後從大樓正門飛走嗎？這應該沒辦法用程式還是自動飛行。必須知道警察發現屍體時進房間的時間，還要有人在遠處監看，遙控操縱才行。」

「操縱的人或許不必待在看得到這裡的位置。或許也有辦法透過空拍機上的鏡頭觀看，從遠方操作。」

「唔……」

〔很可惜，這是不可能的。〕

我懷著苦澀的心情，做出無聲的呼喚。

發現屍體時，我一直待在這裡，看到並聽到一切。我可以斷定，那個時候，房間裡沒有跑出包括空拍機在內的任何東西。

而且一開始只有警察進來，管理員應該留在走廊，要是有那種飛行物體，一定早就被管理員目擊了。直到後來大批人馬進駐之前，管理員應該都一直待在走廊，空拍機不可能有機會離開。

沒辦法對眼前的兩人指出這一點，教人心急如焚。算了，只要詢問第一個進入現場的警察和管理員，立刻就能理解這是不可能的事了。或許得多花工夫，但也沒辦法。

我能夠做的，就是透過 email 向富田指出，但即使寄這種內容可疑的信件，應該也只會徒增他的混亂。

「總之，這部分向管理員確定一下吧。」

不知道是我的祈禱奏效了，或是從某個意義來說，這是理所當然的發展，警部補如此提議。

「還有，這棟大樓的門口和走廊沒有監視器，前天下午管理員不在這裡，而走廊管理員昨天打掃過了，無法查到腳印，是吧？」

「沒錯。」

「這部分要再次確認，然後或許希望不大，但還是看看附近監視器有沒有拍到值得參考的畫面，當然包括訪查在內，四處問問看吧。」

「好的。」

7

兩人離開，室內變得無人。我查看時間，下午一點多。

目前我的存在似乎不會妨礙偵查，而且我所知並非傳達不可的事，也只有剛才他們提到的空拍機手法不可能實現而已。至於其他，原本我擔心警方能否正確掌握地面積塵的狀況，但似乎沒有問題。

簡而言之：

〔看來沒必要我多管閒事。〕

一個人獨處後，想要動來動去的欲望又湧上心頭，但不知道剛才那兩人何時會回來，因此還是節制一下。如此一來，又只剩下思索一件事可做，即使不願意，仍漫無邊際地胡思亂想起來。

剛和母親一起搬來的時候也是如此，但母親的葬禮結束，回去上學後，朱麗假裝忸怩一段時間，接著漸漸恢復了原本的開朗。過了近一個月，即將放寒假前，女導師表示「不用擔心」，而我趁休假跑去觀察她放學的樣子，也看到她和朋友在路上熱鬧聊天，放下心來。

或許還是有勉強自己的部分，但我覺得她能展現活潑開朗的模樣，就沒有問題了。

但是第三學期開始沒多久，便發生了讓人擔心她是否活潑過頭的事。我正在職場準備收拾回家，接到朱麗的導師訊息。她說小孩之間發生衝突，校方正在聆聽雙方說法。

我趕過去一看，在輔導室和導師面對面而坐的朱麗，穿著像是大人的全套運動服，顯得臃腫。老師說，她和大一年級的男生在雪地扭打，被老師們架開來，因為全身都是雪，所以讓她換下溼衣物。

「因為他欺負彩奈！」

朱麗義正詞嚴地說。彩奈是總是和她一起上下學的同學。

男生也在其他房間接受導師輔導。雙方說法沒有矛盾，因此最後各打五十大板，要他們彼此低頭道歉。

「不管有什麼理由，都不可以使用暴力。」

導師訓道。

「我知道了。」

朱麗溫馴地點頭。

我這個家長也低頭賠不是，讓她換上晾乾的自己的衣服，把她帶回家。並肩走回家的路上，我一語不發，因此朱麗也對我察顏觀色，默默地走。

「回來了。」

朱麗放下書包，脫下羽絨外套，就要拿去房間。我抓住她的雙肩制止：

「真的沒有受傷嗎？有沒有哪裡會痛？」

「我說過了，我沒事。」

「有時候撞傷會後來才開始痛。有沒有哪裡瘀青？」

「沒有，保健老師也檢查過了。」

「這樣啊……」

我重重地嘆了一口氣，跪倒在地毯上：

「去學校的路上，一想到妳是不是受傷了，我真的擔心得快死了。看到妳的臉，一放下心，我虛脫到差點沒癱倒。」

「……對不起。」

「絕對不可以使用暴力。千萬不要再做這種事了。不管有再正當的理由，行使暴力的人都會被當成錯的一方。警察也是，要是遇上這種事，不管理由是什麼，都必須逮捕動手的那一方。即使遇到無法忍耐的事，也一定有方法可以解決。只要找我或老師說，總有法子的。所以絕對不可以衝動行事。」

「好。」

「如果妳看到霸凌現場，想要設法，第一個先去找老師。如果是自己或朋友即將遇到暴力攻擊，狀況危急，就按下防身警報器或是叫大人。牽扯到暴力的事，不可以想要自行解決。萬一妳因為這樣而受了傷，我一定會去揍死對方。」

「警察不可以打人的。」

「如果是為了妳必須打人，我絕不會手下留情。就算丟了警職也無所謂。」

「……呃，這很嚴重好嗎？」

「要是妳有什麼三長兩短，我絕對會抓狂。如果妳想要做什麼，就先記起這件事，冷靜下來想一想。但如果妳還是覺得非這麼做不可，我會支持妳。不管妳做了什麼，我都會站在妳這邊。」

「勢太，你講的話毫無邏輯耶。」

「管它有沒有邏輯，總之我絕對不會原諒害妳受傷的人。」

「好啦好啦，我知道了啦。」

莫名其妙的是，朱麗摸了摸我的頭。

總教人惱火，所以我也擼了她的頭，惡狠狠地抱緊她，被她反抗掙扎，才總算放開她。

「勢太真的是耶……」

朱麗埋怨著，蹦蹦跳跳地把東西收回自己房間了。

我再次深深地嘆了一口氣，仰起身體把頭擱在沙發上。

我決定暫時多多留意朱麗的狀況，也多次和導師連繫，但後來朱麗沒有再做出相同的行為。

老實說，雖然不願意大剌剌地承認，但是對於朱麗，我也在其他方面感到擔憂。

雖然我並非確切知道統計上是否已經證實，或只是一種迷信，但坊間常見的說法是：「家暴受害兒童容易有暴力傾向。」

平日與朱麗相處，我覺得不可能有這種狀況，也根本不願意去想，但如此的擔憂仍不時在腦海中閃現。我沒有育兒的經驗，所以完全不曉得該如何教育孩子，才能避免這種狀況。和單身男子同住，萬一只傳染了我的粗枝大葉該怎麼辦？這樣的憂慮也如影隨形。期待本人自立自強？還是找過來人商量？雖然煩惱，但因為工作忙碌，一直沒有實際設法。

但是比起這些，最重要的是，我強烈地立下決心，絕對不讓這孩子再次遭遇暴力現場。

光是回想起當時，我就快氣得七竅生煙。

現在我在這裡磨磨蹭蹭的時候，那傢伙或許也正朝朱麗伸出他的魔爪。不能永遠被困在這種鬼地方。我焦急萬分，只想立刻脫離這裡，去見女兒一面。

總之，必須盡快讓這裡的偵查水落石出，解除警方的監視才行。

冷靜下來，冷靜。我告誡自己，將思緒從回想拉回來。

當前應該要思考的，是案件偵查的進展。當然，這只能交給富田他們，但我能不能對破案有所貢獻？在這個房間待了至少二十四個多小時的我，應該有可能早已得到某些情報，是偵辦才剛起步的警方尚未掌握的。

我的聽覺一直不間斷地活動，但這段期間，我不記得聽到什麼與案子有關的聲音。硬要說的話，這二十四小時之間沒有特別的聲響，這個事實本身也可以說是頗重要的情報，但也沒重要到值得傳封可疑 email 告訴富田。

即使加上視覺資訊，我想到的也只有剛才否定空拍機的事，以及地上的灰塵而已。

有什麼東西令人介意。倒不如說，雖然不知道是否和案情有關，但某樣東西在腦袋一隅忽閃忽滅、像是視覺資訊，或文字資訊……是什麼？

是最近才剛看到的。

可可……雲……？這什麼去了？

我尋思了一下，回想起來。是剛才吸進掃地機器人裡面，更正確地說，是從我醒來前就吸在體內的紙張上潦草的文字。記得是用片假名寫的「可可雲」。

但我怎麼會惦記著這個？之所以會耿耿於懷，一定是因為我的記憶當中有符合的東西。

可可雲——

可可、雲？

可、可雲？

我在腦中反覆發出虛擬的聲音，結果——

『可可雲。』

機體突然發出聲音，差點沒把我給嚇翻。不，功能上要翻倒很困難，我是不會這麼做啦。

『eroh6p8anaudfp。』

不理會我莫名其妙的狼狽，聲音兀自說下去。這是繼昨晚的『早安，栗下谷成浩先生』之後，機體第一次發出聲音，但之前是女聲，這次是壯年男性的聲音。

聲音念完一串咒語後停了。

呃？後面那意義不明的一串——是「eroh6p8anaudfp」吧？

不是我自誇，我的腦袋可沒聰明到聽一次就能記住這種莫名其妙的長串文字。我能夠不由自主地記住，甚至變換，八成是ＣＰＵ的協助吧。

只要默念，不知道是ＣＰＵ還是記憶體，總之這些東西就會幫我，我懷著這樣的預感，刻意將那串英文字母加數字做為「要記住」的資料，保存在腦中一隅。

我一面這麼做，覺得似乎知道剛才發出的聲音是怎麼一回事。

說明書裡面有提到。智慧音箱的功能裡面，有個「語音備忘錄」。每次記錄的長度似乎有限制，但可以錄下自己的聲音，就類似錄音機。換句話說，這台機器的主人——應該是故人栗下谷成浩——之前錄下來的東西，不知怎地，回應我「可可雲」的默念，播放出來了。

如此看來，那行塗鴉果然並非毫無意義。加上似乎稍微觸動了我的記憶，表示即使不是那麼普遍的東西，但「可可雲」應該是某些東西的名稱吧。

我想了一下，叫出網路瀏覽器。看到不懂的單字就上網查，這可是現代人的常識。

附帶一提，從昨天開始，不能用日文輸入搜索讓我寸步難行，但一早就被迫處在待機狀態漫無章法地思考時，我想到了解決之道。想到之後，我甚至傻眼自己怎麼蠢成這樣，先前竟然都沒有發現。

我去到已經開啟過許多次的製作新郵件的網頁，打開目前只有這裡可以使用的日文輸入小窗，在新郵件輸入文字，變換成片假名「可可雲」，接著複製這幾個文字，回到瀏覽器頁面，貼到搜尋欄。

一眨眼之間，便出現一大串搜尋結果。

只需要這點工夫就好。喂，那邊那個人，不要笑。我剛剛才終於開竅，有什麼辦法？

搜尋結果的前幾項，有疑似我要找的東西。

【「可可雲」——K公司提供的雲端硬碟服務】

換句話說，是提供會員將電腦或手機裡的檔案儲存在上面的服務。栗下谷成浩是不是這個服務的會員，剛才那串文字，是他的密碼？

打開服務的首頁，理所當然，被要求輸入電子信箱和密碼登入。

假設密碼是剛才那串文字，有什麼方法可以知道他的電子信箱嗎？

這台機器的記憶體中——為了用App註冊智慧音箱功能，或是使用電子郵件通知清掃結果的功能，或許會輸入電子信箱，留下紀錄。但即使有這個可能，也不知道要怎麼找出來。先前歪打正著的經驗讓我食髓知味，我默念「電子信箱……電子信箱……」，卻也沒有反應。

室內有沒有寫著電子信箱的東西？我伸出鏡頭，看了一圈。雖然有辦公桌抽屜，但憑這具身體，不可能翻找。怪手碰得到的範圍實在相當有限……

一樣東西勾起了記憶，我滑溜地前進。

正面書架。下方抽屜的話，怪手碰得到。使勁一拉，開了一點點。兩次、三次、四次、五次，鍥而不捨地重複，拉開了約十公分左右，用伸長的鏡頭窺看。

就像笠置警部補說的，裡面有幾張疊放的文件，幸運的是，正面朝上，可以看到內容。是列印出來的電子郵件內容。表示上面會有收件信箱——有了。讀取之後記住。

我順帶注意到放在旁邊的膠帶台。是辦公桌上常見的藍色膠帶台，上面的膠帶看起來還剩下超過一半。仔細一看，抽屜深處還有個塑膠棒狀物。粗不到一公分，長約四十至五十公分。從其中一端是小鉤子的外形來看，是不是用來操作高處的物品，比方說窗簾軌道或百葉窗那些東西的工具？

我想了一下，取出那根棒子。棒子很輕，怪手也夾得起來。接著我拉出約二十公分的膠帶裁斷，費了一番辛苦後，在地板上滾成球狀。

我帶著這兩樣戰利品，匆匆推上抽屜關好，回到原先的待機位置。不知道富田他們什麼時候會回來，所以不能留下開過抽屜的痕跡。戰利品則丟在背後牆邊，因為有小几遮住，除非刻意彎下來檢查，否則應該不會被發現。

在待機狀態安頓下來後，我再次於內部操作瀏覽器。進入雲端硬碟服務首頁，輸入註冊電子信箱和密碼。

幸好全部賓果。

從「栗下谷成浩」的「我的頁面」進入「我的資料夾」，成功打開儲存在裡面的檔案了。全是文字檔和圖檔，不需要特殊的程式開啟。

打開來瞥了一眼。

我立刻噁心起來。

8

我按捺著作嘔的感覺繼續瀏覽，這時門外傳來人聲。是剛才離開的兩人回來了。

「所以——啊。」

富田說到一半，被手機鈴聲打斷了。他似乎一邊進房間一邊操作手機。

「啊，有回覆了。啊，咦？啊……怎麼會這樣？真有這種事嗎？說兩人的身高都是一六四到一六五公分。」

「兩人都一樣嗎？」

「對。宇津木以男生來說算矮，梅谷以女人來說算高，大概這樣吧。不過該說是巧合還是什麼，兩人身高幾乎一樣。這樣的話，等於兩人都沒辦法證明前天下午的行蹤，感覺嫌疑更重了。」

「姓名符合被害者記事本上的首字母、關鍵時段都是一個人獨處、無法證明自己不在場，然後又符合隔壁大樓的監視器紀錄。」

「雖然被圍牆擋住，只看得到頭頂，但經過的人身高應該就是一六四至一六五公分不會錯。死亡推定時刻是下午兩點到五點左右，即使再前後拉長一小時，也沒有拍到其他人進出這棟大樓。大樓其他辦公室的員工，當時都和別人在一起。當然，那台監視器有可能拍不到比一六四公分更矮的人，但只拍到這名一六四至一六五公分的人，而其他辦公室又不知道這名訪客是誰，表示來人與這間事務所有關的可能性極高。」

「依常識推論，應該懷疑是這兩人其中之一。」

「還有其他關於這兩人的情報。我念出來。」

「好。」

以下是我再次不客氣地洗耳恭聽得知的內容：

宇津木綾彥在今年五月離開這家事務所，在約五百公尺外的其他大樓租了辦公室，獨立開設司法書士事務所。本人宣稱與栗下谷是「好聚好散」，但語氣感覺冷冰冰的。本人宣稱，此後他一次都沒有去過栗下谷的事務所。前天下午他一直單獨待在事務所，這段期間沒有訪客也沒有電話。

「宇津木身高一六四公分，體重七十一公斤，黑髮，這些與監視器畫面吻合。至於其他的肉體特徵，宇津木因為小時候受過傷，導致右腳殘疾，雖然不需要拐杖，但走起路來一跛一跛的。這一點從監視器畫面看不出來，但如果他無法跳躍一．五公尺的距離，剛才提到的空拍機手法就行不通了呢。」

「我剛才問了一下，發現屍體時管理員一直留在走廊，所以空拍機的法子不可行。想想其他可能性吧。」

「是呢。」

詢問兩人共同的友人後，得知宇津木和栗下谷似乎就是鬧翻拆夥的。朋友圈都在傳，說宇津木在兩年前結婚，妻子卻和栗下谷搞外遇。

大家都說，栗下谷過度追求他平日掛在嘴上的「和人妻私通的刺激」，居然連合夥人的嫩妻都敢吃。宇津木的說法是「妻子現在身體不適，回娘家休養」，但甚至傳出宇津木之妻「自殺未遂」的驚人八卦。詳情正在調查。

「這也不出傳聞的範疇，有人說之前的合夥經營，宇津木的貢獻更多，因此往後栗下谷經營起來應該會很辛苦。」

梅谷敦美果然是栗下谷的客戶。三十六歲，和上班族丈夫結縭十二年，沒有小孩。幾年前，她利用當主婦的餘暇，開始和朋友做起進口服飾網拍生意，收入頗豐，被封為「神級主婦採購師」，似乎正漸漸打開知名度。去年十月開始，她來找栗下谷討論要成立公司的事，今年三月實現了。此後生意算是長紅。

根據栗下谷的記事本等紀錄，兩人從去年十一月便不必要地頻繁見面，疑似有男女關係，但梅谷本人否認。即使兩人真有不正常關係，四月以後似乎也幾乎沒有再碰面，或許關係已經結束了。梅谷本人聲稱前天下午一直獨自在家，這段期間沒有訪客也沒有電話。

「梅谷身高一六五公分。學生時代打過排球，現在也會上健身房，身材維持得很苗條。她的話，跳躍一．五公尺是小菜一碟吧。頭髮也是黑色的，符合監視器畫面。」

身體有殘疾，身材較瘦小的男子，和有運動經驗，維持運動習慣的高大女子。我也認為兩人的臂力和體力似乎旗鼓相當，或是女方表現更好。至少拿玻璃菸灰缸毆打男子頭部能造成的創傷，應該是不分軒輊。

「如果是這兩人其中之一涉案，動機就是感情問題嗎？或許也有金錢糾紛，但目前不明朗呢。」

「是啊。宇津木的話，在拆夥的時候，或許有某些金錢上的糾紛。梅谷的話，在承攬司法書士業務時，也可能發生過某些問題。不過從印象來看，光是這些，做為殺人動機都有點不夠強烈。果然還是牽扯到感情問題，談判破裂之類的吧。」

「總之，兩邊都列入考慮，進行偵查。可是這麼一來，不管是這兩人當中的哪一個，都會遇到門鎖的問題。」

「管理員和門鎖廠商都堅稱感應卡絕對不可能複製呢。還說從來沒有發生過這類問題。但現在技術這麼發達，我倒覺得ＩＣ晶片的複製那些，總會有什麼辦法吧。」

「也只能查查看了。」警部補長長地嘆了一口氣。「當然，是動機的可能性、當天的行蹤，還有這裡的門鎖的問題。」

「要是能鎖定兩人當中其中一個，就可以省去查鑰匙的麻煩了。目前從那些傳聞等級的情報來看，動機方面，宇津木更勝一籌。但梅谷那邊還幾乎什麼都不清楚，所以不能從候補中剔除。」

「因為屍體發現得很晚，若是不趕緊蒐集情報，有可能演變成長期戰。這兩個人就交給木原他們，我們再設法從被害者的周遭看看還有沒有其他線索吧。」

警部補說著，好像已經開始翻找大桌抽屜了。

〔變成長期戰就糟了。〕

我思考了片刻，心想〔顧不了這麼多了〕，繼續我預先準備的操作。接下來只需要按一下就行了。

沒多久。

富田「啊」了一聲，摸索懷裡，掏出手機查看。

「什麼？」他發出錯愕的呻吟。

「怎麼了？有新的報告嗎？」

「不是……」富田低吟，目不轉睛地瞪著手機螢幕。「呃，我也不知道該怎麼說才好……」

「什麼？說清楚。」

「哦，就是……我說過，這次會發現屍體，是因為我收到古怪的 email 通報對吧？」

「嗯，你說有人冒名昏迷的西方署同期的名字寫信給你。」

「對，那傢伙又傳訊息來了。」

「什麼？他說什麼？」

「有兩點，第一點是叫我們調查門前的灰塵，第二點則是叫我們用被害者的 email 查看雲端硬碟服務『可可雲』。他還留下一串數字和英文字母，說是密碼。」

「什麼跟什麼？」

「莫名其妙，簡直可疑到家，對吧？」

「確定是通報屍體的同一個人嗎？」

「對，電子信箱一樣。」

「以惡作劇來說，指出的內容又似乎有憑有據。至少他知道這個房間，或是偵查內容……」

警部補嘴裡嘀咕著。接著聲音拉高：

「總之，有辦法在這裡查是吧？你剛才說什麼？門前的灰塵？鑑識報告裡應該有吧？」

「對。剛才也提到過，隔壁會客室的門前，地毯上積了一層薄薄的灰，半徑一‧五公尺左右的半圓內，找不到任何踩踏過的痕跡。這邊的門前，也有寬約六十公分左右的距離一樣積著灰塵，沒有人行走的痕跡。兩邊的灰塵成分都很普通，與房間其他地方的大同小異……」

「六十公分？是這個寬度嗎？」

「對，是六十公分。」

「六十公分是一般成人一腳就能跨過的距離，但對於跛腳的宇津木來說，應該很困難吧？」

「啊——」

「剛才你說這道門的內側門把沒有擦掉指紋的痕跡，但如果拿塊布捏著邊緣操作，還是有辦法開關門是吧？不過要在六十公分以外的距離做這種事，就算是四肢健全的人，也非常不自然，對跛腳的人來說，或許接近不可能。」

富田踩出腳步聲跑近門，把門向外推開。

「……真的……就算是我，如果這麼做，也會幾乎快往前栽倒。不，可是……那麼這封信是想要指出這一點？」

「如果不知道剛出爐的詳細偵查結果，不可能指出這一點。總之，不管是碰巧還是什麼，這個人的指摘可以說頗有道理。」

「是啊……」

「這一點也只能請鑑識更進一步詳加調查了。還有另一點是什麼？可可雲？」

「雲端硬碟服務是嗎？我記得在其他案子聽過這個服務。」

「就當做被騙，查一下好了。假設密碼就是信上說的，還需要被害者的電子信箱？」

警部補想了一下，似乎想到和我一樣的事。他打開書架抽屜，取出列印出來的紙。

「用這個信箱試試吧。手機也可以連上吧？」

「是。」

兩人靠到桌邊，在桌上開始操作手機。

片刻之間，兩人邊討論邊操作，接著富田停手呻吟：

「這什麼？……」

應該是看到我剛才看到的東西了。

幾個文字檔，和許多的圖檔。疑似以手機拍攝的照片，場地是疑似那類賓館的裝潢炫麗的臥室。大床上，女人衣衫不整地躺在上面擺出各種嬌態。文字檔似乎是直接保存的電子郵件內容。

「郵件……都是栗下谷寄給梅谷敦美的信呢。『妳可以買下紀念照片嗎』？」

「照片裡的女人應該是梅谷敦美吧。」

「要查一下才能確定……勒索嗎？」

「應該是吧。不買就告訴妳老公之類的。而且梅谷敦美是知名網紅主婦，威脅要匿名把照片散播到網路，或許也很有效果。」

「考慮到萬一，證據照片和郵件不是留在手邊，而是保管在雲端上嗎？……富田，向本部報告。木原和熊田那邊，直接傳給他們比較快吧。」

「瞭解。」

「我想再重新檢查一下隔壁房間。」

中間的門打開，警部補的聲音遠離。

富田繼續操作手機一會兒，很快便跟著上司去隔壁了。變得有點難以辨認的會話聲，似乎是在重新研究會客室的房門周圍。

這裡的房間沒有人。仔細一看，通往走廊的門，剛才富田打開之後就這樣半掩著。這狀況求之不得。這麼好的機會，此後絕對再也等不到了。我完全清楚風險，但值得乾坤一擲。

立下決心，付諸行動。把捲成一團的膠帶貼在剛才撿到的塑膠棒前端，再用怪手捏起棒子，靠近門邊。

沒空像剛才那樣一試再試。我心中阿彌陀佛地禱告著，將垂直高舉的棒子靠近門框。目標是——這叫什麼？名稱不明——門關上時用來固定的金屬零件當中，門框裡的洞孔部分。

調節高度，小心謹慎地傾斜棒子。「兜」的一聲，膠帶碰到目標洞孔的稍下方。當然，能命中洞孔是最好的，但這也還算在理想的範圍內。從上往下拉，膠帶有可能掉落，但由下往上推的話，成功塞入的可能性更大。我小心再小心地抬高細棒子。很快地，膠帶球碰到洞孔，成功塞進去了。我再推了幾下，讓外觀不引人注目。

作業期間，我仍注意力全開，確定周圍的聲音沒有變化，然後火速回到待機位置。

我一臉（？）無事地處於待機狀態，沒多久兩人便從隔壁房間回來了。富田好像又在讀郵件：

「報告說關鍵時間的前天下午兩點四十分左右，住家附近的商店街監視器拍到梅谷敦美外出的身影。至少她聲稱一直獨自在家的證詞被推翻了。」

「從她家到這裡，距離約一公里多嗎？隔壁大樓的監視器拍到人頭走進這裡，時間是三點十二分。如果中間沒發生什麼事，完全來得及呢。」

「是啊。木原學長和熊田他們好像也要先回署裡一趟，要不要回去跟他們會合討論？」

「這樣好。」

兩人交談著，快步離開了。只留下門「砰」地關上的聲音。

9

接下來幾個小時，直到窗外天色全黑，我都按兵不動。

條件已大致齊全，偵查應該會大幅將嫌犯鎖定為梅谷敦美一人，持續進行。換成是我負責此案，也會這麼做。

如此一來可想而知，偵查活動會集中在嫌犯周邊，目光會稍微離開現場這裡。感覺我展開活動的機會，就只有現在了。

但光天化日之下，無法安心外出。如果以掃地機器人的外觀被路人目擊，絕對立刻三振出局。這是一般不可能在戶外看見的頗為昂貴的機器，不是被人送去派去所，就是被據為己有。

因此必須等到入夜以後才能開始行動。

但這棟建築物似乎是辦公大樓，如果時間太晚，感覺大門會上鎖。最起碼必須在大門鎖上之前離開建築物。

因此我估計大概還需要三到四小時，在這裡百無聊賴。

我想要找些不動來動去也能做的事，再次搜尋自己的車禍新聞，但沒有新消息。可以當成昏迷的警察還有一口氣在嗎？

附帶一提，網路新聞當中，有些也附有電視新聞影片，可以正常播放，也能聽到聲音。

由此我更進一步發現，之前的「早安」和語音備忘錄的播放，有聲音實際從機體發出，但網路上播放影片的聲音，似乎傳不出機器外面。只是內部感知到用瀏覽器下載的聲音訊號而已嗎？

還有——

〔這真是令人吃驚。〕

我半出於惡作劇心態，用最小音量播放「早安，栗下谷成浩先生」，嘗試能不能另外把它錄音起來，結果居然成功了。

失敗了幾次以後，也成功斷斷續續地用錄音把聲音連結起來。

至於我為何感動，因為這下就可以對外發出「Otaru」（小樽）的聲音了。如果我能搭上往西的卡車之類的便車，這下至少就可以說出我要前往的目的地了。

雖然說出目的地之前的搭便車門檻過高，我甚至懶得祈禱能遇到那種狀況成真的幸運。即使如此，還是感謝一下栗下谷成浩（Kurigetani Naruhiro）這個名字吧。

進行了幾項這類作業後，確實把電充滿。

這下又得一邊充電，一邊窮極無聊了。在無法上網亂逛的狀況下，有沒有什麼消遣的樂子？想到這裡，我想了起來。

深春經常提到她不花錢的娛樂，就是在小說網站上閱讀作品。後來我看了我的電腦瀏覽紀錄，深春死亡的當天上午，也有連上小說網站的紀錄。

我記得那個網站叫——

打開一看，頁面呈現熱鬧滾滾的盛況。

〔刊登作品數超過五十萬！〕

我沒想到網路上居然有這麼多業餘作家的小說作品。

好像幾乎都是科幻、奇幻類，但是在這種狀況下，我實在沒心情悠哉地去讀那種令人期待精采冒險的長篇小說。戀愛小說也跳過。

就沒有更嚴肅、更社會派一點的作品嗎？加上幾個關鍵字搜尋。看著列出來的作品介紹，我被「函館」兩個字吸引了。

接下來又看到「虐童」兩個字，忍不住點進那部作品的頁面。

讀完之後，我後悔了。

——因為內容太令人不舒服了。

文字平淡，以實錄方式推進。情節是一名男子和有個女兒的女人再婚，「暗示」他對繼女做出性虐待行為的日常生活。毫無寫作技巧可言的素人文體，更顯得真實性十足。

理所當然，我想到了朱麗。

不過關於朱麗，已經清楚並沒有發生過這類情事。深春一直都在小心防範，她說丈夫對女兒施加暴力後，她也都緊盯著女兒，避免演變成那種狀況。我收養朱麗的時候，也透過醫師的診斷和諮商師的對話，確定了這一點。

因此我沒必要把朱麗的經歷投射在這部小說上，但仍無法覺得事不關己，不舒服到了極點。似乎是短篇的那部作品，我讀不到一半就關掉了頁面。

還是好想念朱麗。強烈地想見她。這樣的焦躁越來越強烈。

簡而言之，若要看小說打發時間，還是該選擇不用腦的作品才對嗎？

戶外街燈亮起的晚上七點多，我展開行動。

使勁推擠通往走廊的門，「喀噠」一聲打開了。膠帶機關成功了。

雖然對外門大多如此設計，但幸好這門是朝外開的。就像一開始難倒我的問題，這道門的圓形門把根本不可能用怪手轉動或拉開。

我用姑且帶來的塑膠棒挖了挖拿來塞洞的膠帶球。如果挖不出來，我打算丟著不管，但幸好不費什麼工夫就弄下來了。這樣的話，就能恢復看上去沒有異常的室內狀況。

膠帶球用掃地機器人功能吸進肚裡。打開書架抽屜，將塑膠棒放回原位。再次察看周圍動靜，悄悄滑出外面。門可以從外面用推的關上。

在這台機器醒來約一天半的時間，歷經無數的忍耐與摸索後，總算達成了這項壯舉。

〔總算離開房間了！〕

走廊上亮著燈，所以大樓裡應該還有人，正門還沒有鎖上。我看出走廊直進之後的左側就是正門，在木地板上前進。

來到盡頭，往左看去，不出所料。有兩層玻璃門，外面的一道是敞開的。

這一點很幸運，但裡面關著的門就困難重重了。這道門又重又牢固。

但我多次倒退加速撞擊，成功將玻璃門朝外推開了一些。這類門多半都可以內外兩邊推開，一旦活動起來，接下來就沒有阻力了。以我自己的感覺來說，大概奮鬥了一兩分鐘，便突破了這道難關。

我在敞開的正門前觀察戶外狀況。

天色完全黑了，戶外只有路燈光線能夠依靠。

對照地圖一看，這棟大樓外面緊鄰一條略為狹窄的巷弄，朝右側前進幾公尺，應該就可以去到一條大馬路。我先確定巷子裡沒有行人，試著離開。

但是有個問題。來到這裡的途中，從房間到走廊，還有越過剛才的玻璃門的地方，地板高低差都在兩公分以內，所以順利通過了。但眼前的玻璃門外，雖然好像只有三階，卻是往下的階梯。

朝兩側望去，也沒有無障礙坡道這種新潮玩意兒。

〔唔……〕

換句話說，我必須以形同跳樓自殺的方式，挑戰超越機器規格的高低差。說自殺聽起來或許誇張，但完全無法保證跌落一階的震動，會對電子機械的部分或我的意識寄宿的機器造成什麼樣的影響。

更進一步說，萬一一個差錯，導致機身翻倒，落得像翻肚的烏龜那樣窩囊地划動四肢的下場，我實在不知道能怎麼自力再翻回原狀。

萬一變成那樣，用來移動的車輪就毫無用武之地了。怪手的力量不足以將自己抬起來。用升起充電插頭的支柱的力量，有辦法讓身體翻回來嗎？那實在太恐怖了，我根本不想嘗試。

換句話說，這等於是一場毫無保障的挑戰。但是都走到這一步了，我沒有「放棄」的選項。

流暢地滑過玻璃門，來到階梯邊緣，俯視前方。幸好每一階都不是太高，而且踏面算是寬闊——感覺上。

稍微退後，拉出助跑距離。

萬一提心吊膽地用滑的下去，結果翻倒，那就得不償失了，我覺得稍微施加一點反作用力比較好。當然，萬一用力過猛，一口氣飛下兩階就死了。

也沒有預演的餘地，一次定生死。

〔男人就要有膽量！〕

開跑！

越過邊緣，瞬間飄浮在半空中。下一瞬間，「鏘」的一聲著地。無暇確定狀況，繼續前進。因為從第二階開始就沒有可以助跑的寬度了，只能借著衝勁繼續跳躍。

第二階過關。接著是第三階。

我懷著要是人類的肉體，應該已經是大汗淋漓的感覺，下降到人行道的高度。等於是克服了離開這棟大樓的最難關。但我還是壓抑興奮的情緒，立刻躲到與隔壁大樓之間的狹縫裡。

這是一開始就預定好的，我要在這裡再次暫時待機。

為了避免正門被鎖上，所以我硬著頭皮行動到這一步。接下來必須等到夜色更深，行人更稀少的時間才行。從這條小巷出去大馬路後，因為還是通勤時段，行人往來不絕。

我再次在腦中整理並確認。

〔我要去確保朱麗平安無事。〕

雖然無法確定目的地，但總之是在小樽。交通手段是徒步，更正確地說，是自力滑行。

就像先前也計算過的，路程約三十公里。

以這具最高時速一．八公里的身體，即使馬不停蹄地前進，也要將近二十個小時。

就如同我現在也只能像這樣待機，可以移動的時間只限夜晚。白天必須尋找類似的藏身處，靜待時機。

即使估得少一點，若是三個晚上就能走到，就該說是萬萬歲了吧。

不必擔心會迷路。

從現在的所在地朝西南前進約五百公尺，就能連到道道[3]一二四號線。老一輩的人稱為「舊五號線」，是一九八〇年代前完成的國道五號線的一部分。

從這條路往西前進，會在西區宮之澤與現五號線交會。國道五號線從札幌經小樽通往函館，是北海道屈指可數的主要幹道。換言之，只要能走上道道一二四號線，除非搞錯前進方向，否則就可以一直線抵達小樽。

順帶一提，搞錯方向也是不可能的事。

從道道一二四號線到國道五號線再到小樽，幾乎整段路左邊都是山地，只有遠近之別。而右邊多半是住宅區，進入手稻區後，許多地方右邊是低地，左邊是高地。進入小樽市以後，從錢函一帶開始，有時右邊更可以看見大海。

我覺得全線左右差異如此明顯的國道，應該相當罕見。

其實以前我讀過一部小說，裡面提到某個角色在國道五號線上搞錯前進方向，害我笑出來：「太扯了吧？」只要是住在札幌到小樽之間、而且是國中生以上年紀的人，都不可能搞錯。

〔還是這樣講太誇張？〕

言歸正傳，這趟旅程中，最讓人擔憂的就是充電狀態。

規格書上標示：「充電四小時，最長可運作兩小時。」

不過這應該是做為掃地機器人運作的情況，若只是單純移動，應該更長。我萌生如此幽微的期待。

因此其實我趁著剛才的待機時間，寫email問了廠商，短短三十分鐘就收到了回覆：「充電四小時，最長應可移動約六小時」。對於願意回答這種天兵問題的廠商——因為世上有哪個傢伙會叫掃地機器人不吸地只是跑來跑去六小時？——我只有滿滿的感謝。

讓我再說一次：

3　「道道」為北海道管理之道路，相當於「縣道」。

〔社長，你真了不起！〕

因此是六個小時。應該把它當成移動一整晚的極限吧。即使找到充電方法，也需要先充電四小時才能再繼續行動，這樣一個晚上都過去了。

假設可以以時速一．八公里的速度，六小時馬不停蹄地前進，大概是十公里的距離。所以我才會估計，希望能花三個晚上，移動約三十公里。

更大的難題是，要在哪裡充電？

現實問題是，必須找到戶外有電源插座的地方。

感覺加油站或超商似乎會有。但理所當然，在那種地方任意充電，就是偷電，也就是竊盜行為。等於是現職警察犯下竊盜罪。

唔，雖然就算這台掃地機器人在某處任意充電，如果是離開主人管理、自動自發的行為，肯定不會挨罰吧。而且物主已經死掉了。

但我的良心，或者說那類道德感，也確實感到過意不去。

可是若真要追究，擺脫物主的控制，依我的意志在剛才的房間充電，從某個意義來說也算是偷竊。而且將這台機器移出房間以外，一樣算是偷竊吧。

既然選擇繼續留在這台機器裡，形同我必須犯下這樣的罪才能活下去。真的非常過意不去，但我要活下去，就只能給別人添麻煩了。

原本的話，與其造成這些麻煩，我應該選擇電量耗盡，動彈不得的命運，但我怎麼樣都辦不到。

「——除非先確保朱麗的安全。」

誇張一點說，為了朱麗，要我下地獄都在所不惜。

我認為罪無大小、高低、貴賤之分，但現在這狀況，就讓我犯下竊盜罪吧。

如果哪一天能回到人類的身體，任何懲罰我都甘願接受。但撇開玩笑話，令人愧疚的是，就算我真的回到自己的身體，也絕對不會因為機器之身的行為而受罰。或許我會提著禮盒，到處去向造成麻煩的對象下跪賠罪。

總之，我如此立下決心，接下來準備付諸行動。

戶外的電源插座，我想要盡量尋找公家機關的，偷的是稅金的話，感覺良心可以不那麼痛。

我無論如何都要去到朱麗身邊。就算必須匍匐前進，也一定要做到。

不，實際上我能做到的移動，幾乎就只能以「匍匐」來形容。反倒說，由於越障能力限制在兩公分以下，因此「貼地爬行」或許更接近現實。

真是無聊的咬文嚼字。其實這是我剛才在室內待機時進行的思索。

附帶一提，當時為了扼止思考一頭栽進負面泥沼，並為了排遣無聊，我上網查了一下辭典。

辭典上說，類似的形容，有「在泥濘中打滾」或「匍匐前行」，前者是形容「悲慘的境遇」，而後者帶有「對抗苦難」的語意。

幾乎只能「匍匐爬行」的我，似乎只能懷著苦鬥的覺悟，勇往直前了。

我試著在原地測試 Wi-Fi 狀況，訊號變得相當微弱了。接下來開始移動之後，先前幫助最大的資訊工具——依靠 Wi-Fi 連接的網路，就無法使用了。

最早得到的資訊，地圖和 GPS 也是透過網路得到的，因此也將無法使用吧。如果時間是機體自己的功能，即使多少有些誤差，應該也沒問題。

總之最重要的，是以盡快抵達小樽為目標、小心別被人發現、趁著還有電量的時候找到可以充電的地方，大概就這三點吧。

這段過程中，能夠依靠的就只有自己——或者說這台機器原本的功能。具體來說，就是移動功能、視覺與聽覺。至於其他的掃地機器人和智慧音箱的功能……

〔——不可能派上用場吧。〕

我繼續在暗處待機，看見幾個人進出富士大樓，然後燈光熄滅，鐵門降了下來。

我看著這些，做為最後的惜別，連上微弱的網路訊號。

先火速搜尋最新的天氣預報和新聞。和幾小時前一樣，是「明天起的一週前半都是晴天」。此外，國道五號線沒有發生停止通行之類的交通狀況。

時間是即將晚上九點。悄悄走進巷子，窺看大馬路方向，那裡的行車和前方的人流，都看不到片刻停歇。

但時間寶貴。我差不多想要出發了。

幾經思量之後，我決定盡量選擇與大馬路平行的裡面一條巷弄移動。從這裡到小樽，在無障礙空間發達的現代社會，只要沿著大馬路走，應該可以暢行無阻地前進。不過現在旁邊的大馬路，和接下來要前往的新舊五號線，即使在三更半夜，車流也不可能中斷。車道不用說，旁邊的人行道上如果有這樣一個直徑三十五公分的圓盤漫遊前進，隨時都有可能被發現。

小巷的話，逐漸夜深的時候，人車都會變得稀疏，有些地方路燈也照不到，只要盡其所能注意靠近的行人，感覺就可以順利隱身。

相較於幹線道路，小巷讓人擔心的是，無法預料會遭遇什麼樣的障礙。有時會有車子滿不在乎地停在路邊，或停放腳踏車、放置大型廢棄物。而且有時從小巷出去大馬路的地方高低差劇烈，像我住的附近也是如此。如果不謹慎觀察，很有可能不是無法跨越，就是被迫繞一大圈。

再說，在擬定這荒謬的計畫時，我第一個就想到了，應該必須最優先留意的，就是路邊的排水口蓋。

在馬路上開車時我也注意過，就是馬路與人行道的邊界上每隔幾公尺就會設置的那玩意兒。不管是開車還是騎自行車，輾過那上面的時候，都會感覺到頗大的上下震動，對這台掃地機器人造成的震動，更是完全無法相比吧。

而且那鐵製蓋子，大部分都是朝行進方向呈細長格狀。萬一這台機器的輪子卡進格縫裡，絕對會造成致命的後果。非常有可能車輪空轉，無法前進，或是困在那裡，直到被人撿起來。

當然，四個車輪裡，應該也有些是朝著其他方向，所以或許能藉此自力脫困。但是否辦得到，我也不想親身實驗，所以避開排水口可說是首要之務。

問題一樣是巷子的排水口。

幹線道路的話，排水口一定在車道旁邊，只要走在更高一點的人行道上，就幾乎沒有碰到的危險。但是在車道與人行道區隔模糊的小巷子裡，可以想見，排水口難以預料會設在何處。

尤其是沒有規劃人行道的地方，有時排水口會設在道路最邊緣，若是看不出到底有沒有人行道的路，有時則會設在半吊子的位置上。加上附近若有路邊停車的車輛或雜草叢生，有時會更難發現。

在留意周圍是否有人靠近的同時，也要留意前進方向的路面，這是再理所當然不過的事，總之也只能全力小心留意了。

如此這般，我充分留意周圍，開始移動。

穿過大樓前面的小巷，滑進對面的大樓旁邊的巷子。

沙沙沙咔啦咔啦……

機體低沉地發出難說輕快的無機物獨特的聲音。包括我的意識寄宿在這裡之前，我想對這台機器來說，這應該是頭一遭在戶外地面移動。

咔啦咔啦咔啦……咔西咔西……叩……咔啦咔啦……

總有些空洞的車輪聲裡，頻繁地參雜著磨擦般的異音。每次聲音響起，圓盤底部被刻出大大小小刮痕的幻影就在腦中一隅閃動。

〔真的撐得過三十公里路嗎？〕

〔會不會底蓋在哪裡突然脫落，整個動彈不得？〕

不安不斷地銼磨著腦內，但不管怎麼樣，現在都騎虎難下了。

即使從人類的身體變成現在的機器尺寸，速度也跟著等比例變慢，以體感來說，仍然宛如牛步前進。

一開始我因為要留意四周，並未全速前進，但穿過路燈底下時加快速度，依然慢得令人焦急無比。

〔也只能看開，接受就是這樣了。〕

為了避免碰到排水口，我避開最路邊，同時為了避免引起注意，採取靠左但是在電線桿更內側的位置，節省移動距離。

即使如此，還是被迫頻繁繞過路邊停車的車輛。遠遠地一發現零星的路人，便盡快藏身到民宅之間躲起來。

即使像這樣小心留意，仍免不了意外。

「汪汪！汪汪汪！」

〔哇！〕

一頭大型犬突然從民宅門柵間放聲大吼，差點嚇破我的膽。

穿越較寬的車道時，必須等上幾分鐘，才能等到沒車的空檔。

狀況連連，我花了三十分鐘以上，才總算走到了舊國道。

走上五百多公尺的距離，就耗了三十分鐘以上，平均移動速度果然遠比時速一・八公里要來得慢。

接下來的路程，右彎就是一直線直達小樽，但我比較了一下，前進方向的右側有大型高樓，左側應該多是住宅和小商家，因此原則上我預定循著大馬路左邊一條小巷走。為此我必須穿越這條雙向四車道的大馬路，但即使是這個時段，車流依然源源不絕。

左邊就有按鈕式紅綠燈的斑馬線，但我當然按不到按鈕，也不能等行人一起過馬路。

右邊的十字路口，是我剛才一路平行而來的較大的馬路路口，設有一般的紅綠燈。雖然車流不絕，但這一側的人行道，就我看到的範圍內沒有行人。

我尋思了一下，經過拉下鐵門的商家前面，靠近那處路口。

等了一會兒，穿越方向的行人號誌燈轉綠了。右看看，左看看，再右看看、左看看。

左側對面的車道，有兩排各約五輛車在等紅綠燈。要是這樣一台掃地機器人堂而皇之地過斑馬線，難保不會被第一輛車的駕駛發現抓起來。也有可能被十字路口右邊對面等紅綠燈的駕駛發現。

〔可是，沒空管那麼多了。〕

我等了幾次呼吸的空檔，直接衝出馬路。

在斑馬線的白線左外側全速前進。穿過中央分隔島後，便靠在停車車輛幾乎是鼻尖的地方穿過去，順勢爬上對面人行道。接著頭也不回地鑽進眼前大樓旁邊的縫間，停下動作，回頭看後面。

停車的車群沒有特別可疑的反應。我是從應該是駕駛死角的車頭前面穿過，應該可以當做沒被發現吧。

對向車道等紅綠燈的車或許看到某個小東西過了馬路，但中間隔著十字路口，應該沒辦法看清楚是什麼。如果能當成黑貓之類的就好了。即使那邊有駕駛人下車追過來，我也可以在他過馬路之前躲起來。

等到綠燈，車子都過了馬路以後，我偷偷摸摸溜出暗處。

幸好這一側沒有停車等紅燈的車子，我匆匆穿過左邊的斑馬線。接著沿著左側的人行道，朝與大馬路平行的裡面一條巷子前進。

雖然幾經波折，但這下成功進入預定的路線了。

途中，在與札幌環狀線、琴似榮町大道交叉的地點，又為了過馬路而費了一番辛苦，但這邊的大型十字路口有許多行人。我在沒有紅綠燈的地點等了約十分鐘，趁著車流中斷的時候，全速衝過馬路。

就這樣在巷子前進了一陣，然後道路碰到了河川。前方沒有跨越這條琴似發寒川的橋，我必須回到右邊的舊五號線，或是從左邊數百公尺外的小橋過河。

左邊的路線，當然必須繞上數百公尺的遠路，而且我預先看過地圖，知道過橋後的道路似乎相當複雜，想要避開。那麼，從時間來看，就得選擇人車通行量仍多的右邊路線。

朝右前進約一百公尺左右，我觀察幹線道路的通行狀態。時值眼前的號誌變換，雙向四車道上多輛車子開始成串前進。時間已近晚上十一點，車子很多，但人行道上沒有人影。

我硬著頭皮靠到人行道邊邊，朝渡橋前進。如果行駛中的駕駛注意看我這裡，非常有可能發現我，但這時剛變成綠燈，駕駛都忙著踩油門，注意力應該都放在前方。

一樣以令人心急的全速移動過完約五十公尺的橋後，我沒有在剛過橋的十字路口停下，而是直接往左彎。幾十公尺前方處，又是一條和幹道平行的小路。

再次進入巷弄，喘了一口氣。在看不見人車的路邊，繼續咔啦咔啦前進。

進入可稱為半夜的時段，穿梭在住宅區的小巷裡，幾乎不會遇到行人。我想抓緊這個好機會，趁現在多趕一點路。

雖然速度慢得教人不耐煩，但接下來好一段路都沒有妨礙前進的障礙物，就這樣過了午夜零時。

從接近道道與現國道五號線交會的地點開始，平行的巷子就彎向左邊的山地，漸漸難以行走。從計畫階段，這裡就是教人猶豫的地方，我立下決心，將路線改回道道。

過了午夜零時，人行道上就不見人影了。路上的中古車行及個人商家老早就打烊了，燈光也熄滅了。只要走在人行道外側，應該也不容易被車道上開車的駕駛看見。

最必須注意的，是前方應該有幾家的二十四小時營業的超商前面。店內的燈光應該照亮了人行道，遇到行人的可能性也很高。

〔但也只能硬闖過去了。〕

我下定決心，在人行道邊緣前進。

經過交會地點後，行進中的道路名皆是國道五號線了。車流更加絡繹不絕了，但這段期間只遇到五個行人，我都趁早躲進暗處，等他們離開。

關卡的超商前方，我縝密地確認過都沒有人後，全速經過。

這就是所謂的知難行易嗎？汽車駕駛似乎也沒注意到在地面爬行的黑色小物體。

半夜以後的移動，比想像中的更順利。在我定為目標之一的兩點多，成功進入了富丘地區。

至於我的目標是什麼，就是這裡是我們署轄內，我來過許多次，因此知道前方靠山處有一座大公園。裡面也有許多兒童遊樂設施，夏季白天熱鬧滾滾，因此派駐有管理員監視。這個時期應該設置了組合屋的管理小屋。如果順利，我猜這種地方或許會有戶外電源插座。

電量還剩下一小時左右。感覺爬坡會有些困難，但我心意已決，要朝那座公園邁進。

我在公園裡探索了約二十分鐘，幸運地在組合屋旁邊發現了電源插座。插進插頭，確實開始充電了。

鬆了一大口氣。我躲在小屋後方，留意周邊狀況。

如果就如同說明書所寫，那麼接下來約四個小時，我無法離開這裡。在這個季節，充電完畢的時候，太陽應該已完全升起了。

這裡的廣場，每逢暑假就會變成廣播體操的會場，這裡就在會場附近，但小學尚未結業式，應該不用提防這部分。應該要小心的，是清晨來運動的長輩們。

下午小學放學後的時間，公園裡應該擠滿了放風的小朋友，一片鬧烘烘。上午的狀況我無法想像，但應該盡快移動到隱密的地方。總之，又必須等到入夜以後，才能再繼續正式行動。

10

我漫不經心地想東想西，打發無法行動的數小時。和昨天以前待在室內不同，這裡不能上網，因此我能夠做的，真的就只有思考而已。

我放鬆下來，任由浮想聯翩，冒出來的卻都是悲觀的想像。既然已經像這樣展開行動，我應該思考的，就只有全力盡快抵達目的地。但不管再怎麼絞盡腦汁，都不可能想到縮短更多時間的好點子。

既然如此，在無法行動的期間，就停止負面思考，盡量回想歡欣的回憶吧！歡欣……快樂的……回憶……

不管分析多少次，朱麗現在應該都在小樽的姑姑美佐繪那裡。她應該因為擔憂我的狀況，六神無主，但應該並未像母親剛過世那時候，沉陷在悲痛當中——希望如此。朱麗比當時更獨立自主了許多，應該可以自理生活。我甚至覺得搞不好她看到美佐繪毫無生產性的生活，正在大力鞭策她。

因為這短短幾個月之間，我的生活環境也因為朱麗而改善了許多。

記得應該是三月即將放春假之前，朱麗突然提出意想不到的要求。

朱麗在矮桌前正襟危坐，一本正經地說她有事商量。

「我想要臨時零用錢五百圓。」

我刻意鎮定情緒，在她對面盤腿而坐。

「要做什麼用？」

我先在內心確認平日的教育方針。朱麗有一項過人的才能，就是對話時有時非常跳躍。我希望她能養成條理分明的說話方式。

關於零用錢，我和她說過，除了每個月的固定金額以外，如果臨時需要用錢，可以找我討論。朱麗現在的行動很正確。接下來只需要詢問理由，斟酌是否正當。

漫畫等娛樂，都是從固定零用錢裡支出，她從來沒有為了買那些東西來跟我要錢。如果是學校或家庭的生活必需品，她會更直接地提出要求。

是書本或文具類，難以判斷屬於學習還是娛樂的東西嗎？我這麼猜想。

「依序說給我聽。」

日常生活中，我經常陷入難以維持家長威嚴的狀況，因此刻意壓低聲音，徐緩地宣告說。

「就是……從根本說起的話……」

「嗯。」

「我們家的飲食狀況太不像話了！」

朱麗斬釘截鐵地說，纖細的指頭對準我的胸口。

我被一針見血，忍不住差點按住心臟。

「什麼……？」

「考慮到勢太工作忙碌，而我正值成長期，我覺得有非常大的改善空間。」

是這樣沒錯。兩人的生活剛起步時，我們好一陣子都吃超商便當和外食，這樣的狀況是設法減少了，但現在每天吃的幾乎都是一次煮好幾天份冷凍起來的白米，配上我回家時去超市買來的熟食。不管在營養還是味覺滿足度上，都有極大的疑問。尤其在味道方面，相當令人不滿。

「超商便當和超市熟食，為什麼調味都那麼甜呢？……」朱麗說。

「一般日本人都喜歡那種甜度嗎？……」我也附和。

我們家母親做的菜，幾乎都不會放甜的調味料。這是我熟悉的飲食環境，被繼承母親味道的姊姊養大的朱麗也是一樣的口味。

我們抱起手臂，「唔……」地沉吟，彼此抱怨了一陣之前也抱怨過多次的內容。

接著朱麗再次嚴肅地正色說：

「可是，就算是這樣，也不能把煮飯的工作交給勢太！」

「呃，說得這麼斬釘截鐵喔？」

「你對自己荷包蛋有九成都會煎焦的廚藝沒有自覺嗎？」

呃，可以再說得委婉一點吧？與人對話，需要更多的機敏好嗎？

「所以結論就是，只能我來學煮飯了！」

「嗚……」

也許是在一開始的攻擊受到致命傷，當下我想不到任何反駁。

「我從一陣子以前就在想了，結果就在這絕妙的時機！天助我也！」

她是在哪裡學到這些奇怪的詞彙的？最近朱麗放學回家後，在等我回家時，好像讀了不少從圖書室借回來的書，是受到書本影響嗎？

我一面納悶，反射性地接下她遞過來的紙。

『兒童烹飪教室／對象小學四～六年級生／每星期三下午四點～／地點：○○公民館／學費每堂五○○圓』

「哦？」

一堂課五百圓？我不知道這類課程的行情，但總覺得便宜得古怪。便宜沒好貨——這句話掠過腦海。

「聽說老師是彩奈媽媽的朋友。她是有廚師和營養師執照的家庭料理研究家，基於某些理念，決定以義工方式開課教小朋友煮飯，所以學費只收材料費。」

「這樣啊。」

雖然不清楚詳情，但聊過幾次的彩奈的媽媽是個可以信任的人。公民館在朱麗她們平常的上下學路線，而且裡外隨時都有人。下午四點開始的上課時段，雖然有可能稍微超過我平日交代的「五點前一定要回家」，但做為特殊例外，還在容許範圍內。

「彩奈和良美也要一起去上，所以我不會落單。」

我想不出有什麼好反對的。

朱麗儘管表情嚴肅，但眼睛閃閃發亮，幾乎是神采飛揚了，看來她肯定已徹底盤算過，才來向我提出要求。雖然總教人有些恨得牙癢癢的——

「聽說值得紀念的第一堂課，要教馬鈴薯燉肉。」

「噢噢！」

馬鈴薯燉肉……多麼甜美的詞彙！

馬鈴薯燉肉這道靈魂食物，自從在超商和超市各買過一次現成的，被那甜得要命的調味嚇到之後，已經好長一段時間沒有嚐到了。

「老師說可以教我們怎麼配合各個家庭的口味。」

「我同意。」

我當場決定，打開錢包。

朱麗笑吟吟地捏住五百圓硬幣。

然而萬萬沒想到，這就是朱麗、以及結果被扯下水的我的苦難的開始。

朱麗去上烹飪課的第一天，我半是期待，半是不安地匆匆踏上歸途。

我設想愛女成功端出料理的得意表情，以及失敗的沮喪表情這兩種狀況，決定不管是哪邊，都要虛心接納應該會帶回家的本日成果。

「我回來了。」

但相較於平常，回家的招呼還是緊張了些，這也是無可厚非吧。

「你回來了。」

前來門口迎接的女兒，臉上沒有得意的神色，但也無法斷定就是沮喪。

「上課的成果怎麼樣？」

「嗯……」

朱麗寡言地坐到餐桌旁，在胸前交抱起雙臂。她那副模樣，讓我頓時不安起來了。

桌上已經擺了兩個小碗，盛著應是本日成果的褐色馬鈴薯。它散發出來的香味，感覺不到任何異狀——不，好像也有那麼一絲古怪？是哪裡怪呢？

「成品不滿意嗎？這是妳第一次挑戰，就算不完美，也在所難免啊。」

「嗯……也不是啦……」

朱麗遲疑含糊的口吻，與她平日的開朗活潑大相逕庭。看來似乎不是失敗的沮喪。

「勢太你說過，如果可以要求調味的話，最好以媽媽的味道為目標。說我們兩個應該都會喜歡那種味道。」

「是啊。怎麼，所以是調味不到位嗎？老師不肯教妳嗎？」

「不是，上課的只有五個人而已。老師問了每個人喜歡的口味，給我們建議。可是……」

「嗯。」

「老師先教了她推薦的調味，但有說她的調味有些特殊，要我們不必勉強配合。就是，老師的馬鈴薯燉肉加了醋。」

「加醋喔……？」

聽到這話，我理解香味哪裡怪了。眼前的小碗冒出來的香氣，確實參雜著掩蓋不住的醋酸味。

「媽媽的調味沒有醋對吧？所以我本來想要依照預定，不要加醋。可是老師解釋……」

老師說，醋可以增加腸內好菌，還可以消除疲勞。

此外，醋還可以減少內臟脂肪、預防癌症、降低血壓、降低血脂、促進食欲……等等。

總之，即使撇開瑣碎的說明，對於正在職場上打拚的中高年人來說，醋都是不可或缺的食材。

「——就是這樣。」

「……嗯。」

光是聽著，就頭昏眼花了。

「也就是說，對正值壯年的勢太來說，醋是絕對必要的調味料！」

朱麗豎起小小的指頭指向我的胸口。

呃，中高年？……我正想反駁，用力嚥了回去。朱麗似乎難得體恤我，沒必要給人家潑冷水。

「所以，雖然和一開始的方向不同，但我想要採用老師推薦的調味試試看。」

「嗯。」

「跟我昨天說的不一樣，沒關係嗎？」

「妳覺得好的話……」說到一半，我用力扭了一下頭。「不，不管怎麼樣，都要先嚐過味道再說吧。」

「嗯。那就在晚飯試吃。」

朱麗點點頭，走向電鍋。

第一堂烹飪課中，在教馬鈴薯燉肉之前，老師似乎先教了如何用電鍋煮飯，以及簡單的味噌湯煮法。因為只需要這三樣，就可以構成一頓最基本的餐點。朱麗說對於不久前就靠著說明書煮晚餐白米飯的她來說，光是實地教導如何洗米、如何泡水，就是極大的收穫了。

話說回來，在決定讓女兒去上烹飪課時，我下了一個決定，也告訴了本人。就是在學習烹飪技巧時，不可以輕易妥協。

我並不想要武斷地說，女人就該要會做飯，但擁有烹飪技術，將來絕對沒有損失。這絕對是能受益一輩子的技能，因此我認為基礎應該要確實學好。這樣宣言，也等於是預先警惕很可能對愛女端出來的料理無條件讚不絕口的自己。

因此試吃之後，不夠好的地方、需要改進的地方，我會毫不客氣地指出。雖然有可能引來「明明自己不會煮飯，有什麼資格高高在上挑剔」的批評，但我才不管。指導者就該撇開自己的能力，以被指導者的成長為目標。

我懷著這樣的想法，吃了一口白米飯。

「……唔。」

軟硬度無可挑剔。

「嗯，很成功。」

朱麗瞄了我一眼，點了點頭：

「我們家不是一直都買無洗米嗎？因為比較方便。老師說煮無洗米要用比一般的米更多的水。之前我們家的飯都偏硬，就是這個原因呢。」

「原來是這樣。」

真是凡事都該求教先進。

豆皮海帶味噌湯也怎麼說，味道很正常。

「這是味噌湯標準的味道。以後我會每天做，摸索更適合我們家的味道。」

「嗯，以起步來說，滿成功的呢。」

接著，我吃了一口最重要的馬鈴薯燉肉。

「唔……」

我慢慢地咀嚼，感受著從對面射過來的更加不安的眼神。

然後我更緩慢地嚥下肚：

「馬鈴薯的鬆軟度剛好。加醋的調味本身並不壞……不過怎麼說，今天的這道菜，酸味是不是有點太突出了？」

「你也這麼覺得？」

朱麗愁眉苦臉地抱起雙臂。

「老師也說了，調味料的比例對的話，味道會更調合。叫我們各人自己下工夫。」

「那就看各人修練囉。能再調和一點的話，我覺得味道算是及格的。」

「欸，我可以再練習幾天嗎？」

幾天？意思也就是要連續吃一樣的菜色吧。我是無所謂，但也覺得朱麗正值成長期，每天吃一樣的東西似乎過於偏食，不太好。但反過來說，若要更進一步鑽研廚藝，中間最好不要間隔太久。

「那就最多先練習三天吧。」

我看看月曆說。

「以最長三天為目標試試看吧。如果在那之前都試不出滿意的味道，再另外設法吧。」

「好。」

就這樣，朱麗修練廚藝的日子開始了，同時也是我苦難之路的開始。

因為昨天吃馬鈴薯燉肉，今天也吃馬鈴薯燉肉，明天又是馬鈴薯燉肉。

上完課隔天的成品，感覺調味似乎平衡了一些。我以為會照這樣進步下去，沒想到隔天調味又變怪了，酸味過於突出。再隔天，整體調味變成了模糊的淡味。

朱麗說，她在試著調整各種調味料的過程中，越搞越迷糊了。

「一直試味道，會試到嚐不出是太多還是太少。」

和湯品不一樣，味道太濃，加水調整也有極限，所以結果似乎過度謹慎了。

第四天的星期日，我覺得應該休息一下，冷靜一下腦袋，帶朱麗出去外食。

再隔天，一週過去的星期一，朱麗說她想要帶著嶄新的決心再次挑戰，我同意了，頗為提心吊膽地回到家。如果今天再沒有成果，差不多得要她先打住才行。後天就是第二堂烹飪課了，所以我想建議她嘗試新菜色，以整體的熟練為目標。

兩人都緊張兮兮地在餐桌旁面對面坐下。眼前是這幾天幾乎一成不變的菜色。白米飯和味噌湯，這短短的幾天內，朱麗已經駕輕就熟，成功與失敗的落差越來越小。味噌湯的料她也上網搜尋，做出各種變化，這天豆腐、牛蒡和長蔥和樂融融地躺在湯裡。真老氣的搭配。

我將重點的馬鈴薯燉肉夾入口中。這一餐在一反常態的沉默和緊張之中結束了。

兩人幾乎同時放下筷子，對面傳來朝上窺望的眼神。

我「嗯」地點了一下頭，立下決心抬頭：

「朱麗。」

「是。」

「妳坐好。」

「我已經坐著了。」

「謝謝妳的吐槽。」

「不客氣。」

朱麗表情不變地回敬。我本來想要搞笑緩和一下氣氛，卻失敗了。

「我現在要以家長身分宣布一項決定。」

「是。」

「往後在我們家，今天的馬鈴薯燉肉的味道就是標準。以後煮馬鈴薯燉肉的時候，不要偏離今天這個味道。當然，妳可以精益求精，或偶爾變換一下，加上其他味道，不過如果我說我想吃我們家的馬鈴薯燉肉，請妳以這個味道為目標。」

「……是。」

朱麗嘴巴開合咕噥了幾下，最後就這樣點了點頭：

「小女子遵命。」

我從以前就覺得納悶，我家女兒到底是從哪裡學到這些古怪的台詞的？總覺得得配合她的調調才行，我也向她點頭：

「辛苦妳近日的修練了。」

「多謝大人……！」

朱麗雙手扶膝，深深行禮。

「碗我來洗，妳去洗澡吧。」

「好！」

朱麗踩著輕快的步伐回去自己房間，抱著衣服的嬌小背影消失在脫衣間。

霧面玻璃門關上，同時傳來模糊的一聲歡呼：

「耶！」

後來，朱麗每星期在烹飪課學到燉漢堡肉、燉牛肉等新菜色，並上網搜尋、請朋友教導等等，拿手菜式越來越多。過了三個多月的現在，已經幾乎沒有我挑剔的餘地了。

不過後來「我們家的馬鈴薯燉肉」也以每個月超過一次的頻率出現在餐桌上。味道雖然都在標準內，但似乎一次比一次進步。

〔最後一次吃到我們家的馬鈴薯燉肉，是什麼時候？〕

雖然想不起正確的日期，但似乎是兩星期前的事了。

即使成了沒有味覺的非人之身，但我莫名地懷念起它的滋味。

擁有那味覺的我的肉體，現在是什麼狀態？我還有機會再次用舌頭品嚐那味道嗎？

結果我又差點消沉煩惱起來，拚命拉住下掉的思考，結果晨曦漸漸從遠方建築物之間射了過來。

11

確定充電完畢的時候，周圍的樹木傳來小鳥啁啾聲。雖然稀稀落落，但前方路上出現了行人。好像是清晨散步的老人家。

夜裡我也研究過了，感覺最好在白天這裡被小孩子占據、無法移動之前趁早離開。即使躲在組合屋後面或草叢裡，由於小孩子的行動無法預測，不能保證絕對安全。小孩玩捉迷藏跑進平常不會進去的地方，也是很有可能的事。

與其繼續躲在這裡，日常生活中無人關注的馬路附近的暗處等地方，危險應該更少。

我如此料定，也想到了某個藏身處，因此從公園跨出中型馬路。

既然天色已亮，被人發現的危險性也變高了。我謹慎地觀察道路前後，確定沒有行人後，盡量靠路邊開始前進。

用不了多久，就抵達了我想到的地點。是稍微朝幹線道路折返途中的超商後面。我警覺地掃視周圍，迅速鑽進超商的戶外儲藏屋地板下。

這裡周邊只有小型商業大樓並排，稍微遠離住宅區。相較於公園和住宅區，感覺這地方比較不會有人停下腳步，而是直接通過。不太可能會有路人刻意彎身查看超商的儲藏屋下方。

然後。

安頓下來後，我在機器內部摸索啟動。

〔耶，成功！〕

進入連上網路的動作，願望成真了。有強度足以接收到的訊號。

這家連鎖超商一般都有免費 Wi-Fi。屋後也接收得到它的訊號，待在這裡的話，就可以上網了。我要抓住這個寶貴機會，搜尋天氣預報和新聞。

天氣預報和昨天一樣，今明兩天都是大晴天。這讓我放下心來。

時間是近上午七點，路上行人多了起來。在網路上瀏覽新聞，看到的都是與鄰國越演越烈的外交問題。當地的車禍新聞，好像過個三天就被世人遺忘了。昨天司法書士陳屍事務所的相關報導，只有關於現場和被害者的簡單說明。

我最想知道的鈴木勢太的生死以及朱麗的現狀，似乎無法從搜尋結果的前幾頁新聞得知。

疑似他殺的屍體疑案姑且不論，雖然與近年蔚為話題的高齡長者駕駛有關，但鄉下的車禍新聞似乎沒有值得出現在搜尋結果前幾名的亮點。

那麼，看來只能依靠當地媒體了。我這麼想，改為搜尋北海道電視台的官網。

找了幾個地方，發現可以看到昨天傍晚的當地新聞影片的頁面。當然也有聲音。

標題是「小樽高齡駕駛釀禍」，女記者對著男主播說明採訪內容。

『肇事駕駛目前也已經住院，尚無法問出車禍時的詳細情形。』

肇事駕駛只說是八十五歲的無業男子，連名字都沒有報出來。無法詳細報導加害者，或許是新聞無法炒熱的原因之一。

此外，網頁底下的留言區有人留言「一開始說是輕傷的駕駛為什麼住院了？而且怎麼還沒有被捕？」，但新聞好像沒有提到相關事實。

彷彿在說情非得已，接下來全是死亡男子的報導。就像是為了彌補無法報導加害者的缺憾，新聞熱中於挖掘死亡男子的祖宗十八代。身世、家庭成員、目前的職業和生活，接著依序採訪家人、同事、兒時朋友，從他們口中問出哀悼的言詞。

「他學生時期熱心參與義工活動，跟今天死於車禍又有什麼因果關係啦？」

或許媒體界有規定，非要問到「死者是個善人孝子」的說詞不可，否則就不值得報導。

至於另一名昏迷的被害者——也就是我——似乎隱私還受到尊重，並沒有太深入的報導。

札幌的警察官仍重傷昏迷，尚未恢復意識——原以為報導就這樣簡單結束，沒想到——

『這位被害者呢，和讀小學的外甥女同住，他的外甥女每天都去醫院探望，讓人同情不已。』

意外得知了朱麗的現狀。如果「每天去醫院探望」的說法正確，朱麗果然在小樽。應該就是暫時投靠姑姑美佐繪不會錯。

『這名女童身世有點可憐，沒有父母，和受傷住院的舅舅兩個人同住。』

『真是可憐。那這個女童現在無依無靠，只有自己一個人嗎？』

『社福單位似乎也很重視，聯絡了以前的監護人，她現在好像住在遠親家裡。』

『如果有人可以照顧她，那就太令人安心了。』

接著又意外地提到了更深入的狀況。

也就是說，可以確定朱麗人在姑姑美佐繪那裡。

這也教人放心——

——

——不，等一下。

剛才記者說什麼？

聯絡以前的監護人？

難不成——是指賀治野？

政府單位不可能聯絡因為對妻子女兒家暴，被判傷害罪，還被申請保護令禁止接近的傢伙。不可能，可是……

不管是警方還是兒童諮詢所，回想起這些機關過去鬧出的種種烏龍，也無法斷定絕對不可能。

再加上剛才看到的新聞。

即使沒有直接聯絡賀治野，如果他看到這段新聞，應該會發現記者口中的女童就是朱麗吧？就算先前的新聞都沒讓他發現被害者的警察官是我，聽到這段對話，也絕對會想到。

「看你們幹的好事，〇〇電視台！」

這些人就沒有想過，『明明家長還在，卻不是和父母同住，而是和舅舅兩個人住的可憐身世』，就是因為有複雜的背景，搞不好和家暴有關嗎？

腦袋氣到沸騰，搞不好ＣＰＵ都要過熱燒掉了。

不不不，等一下——

「——冷靜下來啊我。」

還不清楚哪些是事實。或許賀治野並沒有接到聯絡，而且或許他根本沒有看到這則新聞。

但現在的我必須做出最壞的設想，設法保護朱麗才行。

萬一這則新聞播出的時候，賀治野就得知了這件事，那該怎麼辦？

新聞播出時，他人應該在函館。他知道只要去小樽的醫院找人，就可以抓到脫離監護人保護的朱麗。他絕對會立刻出發去小樽。不管是坐ＪＲ還是開車，至少都需要四到五小時。如果是在傍晚播出的新聞後出發，每一家醫院都已經過了會客時間，朱麗也回到美佐繪家了，因此無法知道朱麗在哪裡。

假設賀治野想要查出我住院的地方，埋伏朱麗，最快也是今天上午動身。假設他順利掌握我的所在，要接近朱麗，那就是今天朱麗返家的時間。假設完全就像虛構作品的方便主義那樣順利行事，最快今天傍晚他就會抓到朱麗。但現實一點考慮，會是明天以後吧。

至於我，如果接下來白天也全速朝小樽衝刺，或許趕得上在今天傍晚抵達。但前提是我必須在這樣的大白天移動而不被任何人發現，而且至少順利充電兩次。冷靜想想，這是連方便主義都辦不到的奇蹟。更大的可能性是在半路被人發現，陷入無法行動的狀況，或是電量耗盡，動彈不得。

若是能以昨晚的步調繼續在夜間前進，會在後天抵達小樽。賀治野抓到朱麗的危險性最大的時間應該是明天。除非設法勉強趕路，否則不可能趕到阻止。

我該怎麼辦？

步步為營，極有可能來不及。但如果涉險，當場全劇終的危險性極大。

但如果來不及，一切都前功盡棄了。

〔只能放手一搏了。〕

如果要趕路，只能趁時間還早的現在。我躲在這裡磨蹭的時候，已經過了八點半，熱鬧經過的一群群中小學生也消失了。從這一帶的住宅區前往札幌市中心通勤的人潮，也差不多快過尖鋒了。老人和主婦正在處理晨間家務，即使要出門，應該也還要一陣子，是這樣的時段。

如果即使勉強也要行動，就只能豁出去了。

抓準前方巷子沒有行人的時機──

我將腦袋從思索切換成觀察周圍。

但看來我決定得太慢了一些。

一直警覺十足地留意四面八方的注意力，似乎在沉思的幾分鐘之間分神了。

我悄悄從儲藏屋地板下探出頭窺伺，就在這瞬間，好死不死撞了上去。

撞上一張超級特寫的人臉。

〔哇！〕

腦中響起窩囊的慘叫聲。唯一慶幸的是並未化為真實的聲音。

因為距離太近，一時之間無法掌握對方的資訊。唯一認識到的，只有洋溢著好奇心的眼神。

「幽胡？」

呃，是「幽浮」才對吧？

〔不，兩邊都不對。〕

我忍不住吐槽。因為那聲音稚嫩到讓我感覺不到危險。

對方的臉稍微後退了一些。年紀約小學低年級，短髮的容貌像是男孩。

他原本全身趴在地上，探頭看儲藏屋底下，現在稍微撐起上身，似乎正準備執行下一步動作。我還來不及閃避，掃地機器人的圓盤機體就被一雙小手緊緊地抓住了。

力道完全就是幼童，但可悲的是，我甚至連甩開都沒辦法。

我被拖了出來，「嘿咻」一聲抱起來。

男孩把我抬到眼睛的高度，再次喃喃：

「幽胡。」

至於我，只能暫時放棄抵抗。儘管腦中盤旋著「我趕時間，放過我吧！」的吶喊，卻無力傳達。要是隨便展示機器的動作，更進一步勾起他的好奇心，那就適得其反了。

〔求大爺放過我吧！小的只是個快要壞掉的破爛而已！〕

移動了一整晚，我應該全身灰頭土臉，同時我停止一切動作，期待對方把我當成沒用的垃圾。原本微微抬高偷看的鏡頭，也決定直接關起來。

然而事與願違，男孩把我抱在肚子前面，往前走去。

他走路的模樣教人提心吊膽。這台機器我記得重量將近四公斤，對看似低年級的幼童來說，就算抬得起來，但有辦法搬動多遠？會不會走沒幾步路就抬不動，直接丟到地上去？

雖然距離地面頂多數十公分，但這遠比我先前經歷過的最大落下高度——一階階梯的高度更高。難保這台精密機器能夠平安無事。

〔……就別嚇自己了。〕

話說回來，這孩子是什麼狀況？

小學生的話，應該都已經去上學了。短短十幾分鐘前，這條路上還有幾十個上學的小學生人影，而現在全都消失了，所以一定已經過了上學時間。

也不像是本來要去上學卻半路作罷。因為他身上沒有任何上學的用品，不管是書包或其他東西都是。

那麼，是看起來比較成熟，其實還不到學齡嗎？

但就算是這樣，在這種時段，卻沒有家長陪同，一個人在外面亂跑，我覺得很不尋常。

男孩踩著讓人有些膽戰心驚、但大概就是剛上小學前後的幼童的小小步伐，經過沒有車道人行道之分的路，來到一棟看起來相當老舊、像公寓的建築物前。我現在視野狹窄，看不真確，但大概有三層樓高。男童繞到建築物旁邊，開始爬上鏽斑明顯的深紅色鐵樓梯。

這裡是他家嗎？不過——

〔樓上嗎……？〕

我內心直呼吃不消。

即使接下來要趁男孩不注意時溜出來，要爬下這道鐵梯，感覺也伴隨著極大的困難。

該說是差強人意還是謝天謝地，只爬到二樓就停了。男孩轉過去的半室外通道，右邊有四道房門，左邊是生了鏽的鐵扶手。下方的混凝土地上有許多塑膠花盆，黑土冒出疑似蔬菜苗的綠芽，斷斷續續地一路延伸到走廊兩端。

男孩就這樣在通道上前進，握住第三道門的門把。似乎沒有上鎖的門吱嘎作響，一下就開了。

男孩也沒有打招呼說「我回來了」，反而像是躡手躡腳地脫掉鞋子，進入室內。

打開入內後緊接著的門，裡面是相當雜亂的房間。

沒有人影。中央有一張小矮桌，左邊是塗漆剝落的小電視櫃，上面是十幾吋的液晶電視。房間右邊是流理台，所以這個約三坪大的房間，應該是客廳、飯廳兼廚房吧。假設正面深處的紙門裡面是另一個房間，感覺這裡的格局是一房一起居室。

室內給人的第一印象是亂到不行。

褪色的米黃色地毯上掉滿了東西，幾乎無處落腳。廣告單之類的廢紙、像是超商便當的塑膠容器、牛奶紙盒、沾滿橘色殘滓的果汁保特瓶。黑色書包從這堆垃圾裡露出半截身子，由此可見，男孩果然是個小學生。桌上也被零食和麵包空袋、用過的杯子等等所占據。

男孩用腳撥開這堆垃圾山，在矮桌和電視之間的地板挪出一點空間，把我的身體放了下來。

悄悄四下窺望，周圍的地上幾乎看不見地毯表面，感覺就算男孩不注意，我能否自行逃離此地，也十分微妙。完全可以預料到我的輪胎會在滿地的廢紙上空轉，動彈不得。如果是鑽過雜物較少的桌下的路線，脫困的可能性還比較大嗎？

然而就像要斬斷我的希望般，男孩「嘿咻」一聲，背對矮桌坐了下來。

他以盤腿和立膝中間的姿勢坐下，伸手在垃圾山摸索。探索了幾次，他挖出了三個小模型。好像是電視卡通裡的怪獸還是怪人角色，大小不到十公分。

他讓其中兩個站在我的圓盤上，抓起其中一個，「嗡」地擺出飛行姿勢。應該是在想像迎擊乘坐幽浮飛來的怪獸的場景。

「嗡！」

「砰砰！」

「嘎嘎！」

男孩口中模仿各種聲音，讓玩具互打，並不停地讓玩具飛踢圓盤。合成樹脂玩具的踢打力道並不大，但我的內部可是精密電子儀器，希望他能手下留情一些。

雖然口中發出的全是狀聲詞，但本人的腦中應該有某些情節在上演。玩具們扭打、追逐、握手、互毆，逐一推進。期間我的機身被踢、微微抬高再丟下，被施加各種冷汗直淌的震動。

「咔鏘！」

「咚咚！」

這樣的遊戲持續了約幾十分鐘的時候——

忽地某處傳來動來動去的聲音，接著裡面的紙門冷不防打開來。

「吵死了！」

一名搔著蓬亂的栗色長髮、穿著縐巴巴粉紅色全套休閒服的女子走了出來。看上去三十多歲，八成是這男孩的母親。

「媽媽還要睡覺，你懂不懂啊？」

被沉聲一吼，男孩停下抓著模型玩具的手，全身僵硬，卻不肯回頭。

「實在是……」

女子喃喃自語著，但與其說是斥責，似乎比較接近牢騷，她走近流理台，拿杯子裝水一口氣喝光。

臉上脂粉不施，但指甲上是亮片閃爍的華麗指彩。從她會睡到比這個時間還晚的習慣，可以猜出一定是從事夜間工作的。

女子吁了一口氣回頭：

「那個髒兮兮的垃圾是什麼？」

她看著男孩的手嘀咕，應該是在說我。

「真是……叫你不要到處撿垃圾回家，要我說多少次……」

到這裡幾乎都是自言自語，然而女子的語調冷不防拔高了：

「你跑出去了?!」

被厲聲一吼，男孩的肩膀一顫。

「我不是叫你不許出去？為什麼不聽話！」

女子隔著桌子探身過來，朝男孩的側腦就是一巴掌。

男孩「砰」地整個人側倒，雙手抱住了頭。

「對不起……對不起……」

「你沒跑去學校吧？」

「沒……沒有……」

「哼。」

男孩一雙細小的腿蹭來蹭去，像運動褲的長褲捲了起來。看見他骨瘦如柴的膝下皮膚一片瘀青，我瞪大了眼睛。

「嵐牙，你懂嗎？你還不可以去學校。」

「……我知道。」

「要等你是壞孩子的痕跡不見了，才可以去學校。」

「……嗯。」

小小的手動了動，將捲起的褲管拉回原狀。

「我不是說過很多次了？叫你不可以自己跑出去。你忘了以前自己跑出去，不知道怎麼回家嗎？像上次，你不曉得什麼時候跑出去，被樓下那個啃老族女人發現帶回來。媽起床一看，發現家裡有個怪女人，差點沒嚇死。」

「是隔壁……」

「啊？」

「隔壁的……阿姨……」

男孩撐起上半身，含糊地訂正說。

「……是嗎？不是樓下跟老父老母住一起的啃老族女兒嗎？」

「是隔壁。」

「咦？是我記錯……討厭啦，痴呆了嗎？……算了啦，隨便。」

不曉得是否成見使然，女子嘆了一大口感覺帶著酒臭味的氣。

「真的是……到底什麼時候……」

母親一屁股坐到桌前，一手摀住了臉。

「總之，你要是不當個聽話的乖孩子，就不會有新爸爸了……」

女子呻吟著，接著又嘆氣。

〔「乖孩子」嗎……？〕

我知道朱麗的前繼父以百分之百自私自利的理由拿這個詞當幌子，因此聽了就覺得作嘔。

還不清楚這對母子的處境前，無法輕率認定，但這個詞彙裡，讓我感覺到某種同質的黑暗感情。

「又動手了……」

沉思當中，聽出幾不可聞的細微喃喃聲。朝那裡望去，坐在桌旁的女子正盯著眼前的掌心。

從這種有些恍惚的狀況恢復過來後，女子把手伸向房間角落的雜誌山後方。一陣摸索，傳來按下某些開關的聲音，人重新轉回桌子，以趴桌的姿勢開始滑手機。

得知母親的注意力轉移了，男孩繼續一個人遊戲。和剛才不同，沒有發出音效，默默地揮動著玩具。不經意地瞥見的他的側臉開始轉為赤黑色，應該是剛才那一掌的痕跡。

頭頂再次感覺到輕微的碰撞震動，我悄悄觀察室內。

敞開的紙門深處，有鋪著沒收的寢具，以及和這裡一樣雜亂的大量垃圾，但沒有其他人。就看到的來判斷，似乎沒有其他房間。加上剛才女子說的「不會有新爸爸」來看，這戶公寓住處的格局是一房一起居間，也沒有其他家人了。

男孩沒什麼活力的臉上看不出營養不良等明顯的異常，但剛才膝蓋一帶有類似瘀青的變色。懷著這樣的念頭往上一看，T恤的袖口深處，上臂也有著相同的青黑色痕跡。

雖然無法斷定全都是母親造成的，但這個男孩肯定正遭受到暴力對待。從母親剛才的發言來看，不讓他去學校，是為了避免被老師發現這些傷痕。

母親半趴在桌上，一心一意滑著手機，不時輕聲自語自語：

「媽的……為什麼不回信……」

應該是在查看email或社群網路訊息吧。

我觀察著這些狀況，一面思考，忽地感到意識一隅有所反應。不久前好像就有種類似通知，或是呼叫的感覺。是偵測到Wi-Fi訊號的通知。

〔啊……〕

我想到了。

剛才女子打開的某些開關，那應該是Wi-Fi的路由器。很多人為了節省手機上網費，在室內都使用Wi-Fi。

但就算是這樣，我也不能立刻搭上便車。我試著連接，但不出所料，雖然可以連接的Wi-Fi選項增加了，但需要輸入密碼。

我先乖乖扮演兒童玩具，同時動腦尋思。

一會兒後，忽地傳來一陣音樂旋律。好像是女子手中的手機。

女子看螢幕，整張臉頓時臭到不行，滑動手指。

「喂……我是篠木……」

女子以喃喃吶吶聽不清楚的咬字接聽來電。

「……是……對……不是……」

她對著對方落落長的說明應聲。

「……不……就是……他說還不想去……是……」

「他說」的「他」，一定是指兒子。是學校打來的嗎？

「是……不，這……咦？明……明天嗎？……啊，是……」

對方冗長的說明，讓女子的臉更臭了。

「好……我知道了，好……」

將手機從耳邊拿開，接著是掛斷的操作。接著母親的眼神瞪著半空中凝固了。

她想了一下，又像剛才那樣繼續滑起手機來。不耐煩的手指動作持續了一陣，發出透著焦躁的斷續呢喃：

「快點回覆……快點回我啊……」

依我看，應該是明天小學有人要來探視小孩吧。她想要找某人討論這件事，卻得不到回音嗎？是她剛才說的「新爸爸」嗎？

滑了一陣手機後，女子將手機扔到桌上，趴了下去。口中流洩出「哈……」的長長嘆息。

至於兒子，母親的手機響起時，他稍微轉向那裡，接下來便毫無反應，繼續玩他的玩具。那張臉幾乎面無表情，實在不像是這個年紀正在玩遊戲的兒童。

由於暫時無法行動，我再次觀察視野範圍內的室內狀況。幾乎淹沒了整個地面的垃圾。零食空袋。厚厚一疊郵件。手掌大小的蝸牛狀膠帶台和裡面的膠帶。有小孩子塗鴉的單面空白的廣告單。打開來封面朝上蓋在桌上的作業簿。

聚焦之後，看出作業簿的封面寫著「篠木嵐牙」這個名字。顯然是這孩子的名字。

郵件大半似乎都是廣告，但其中一只褐色信封的背面有「札幌市兒童諮詢所」幾個字。光是這樣看不出詳情，但也許女子找兒童諮詢所求助，或是受到輔導。

我正這麼想，附近傳來異音。收回視線望過去，男孩側倒在折起來的坐墊上。是身體不舒服嗎？繼續看著，只聽見均勻的呼吸聲。雖然還是上午，但似乎小睡去了。

往上一看，趴在桌上的母親也發出睡著的呼吸聲。就像她自己剛才也說過的，是睡眠不足嗎？

可以想像，母親三更半夜才回家，母子倆就寢和起床的作息都很不規律。

片刻之間，我觀察著安靜的室內。

12

一段時間後，我判斷應該沒問題了，悄悄抬起鏡頭。以人類來說，就類似「伸長脖子」的感覺，用比剛才更遼闊的視野掃視室內。

隔著矮桌，約二公尺前方處，是剛才從外面進來的木門。即使有辦法翻越各種垃圾，抵達那裡，從圓形門把和剛才聽到的吱嘎開門聲來看，憑這台掃地機器人的力量，應該不可能打開。

現在所在的起居間沒有窗戶。裡面的房間有像是窗簾的東西，因此似乎有窗，但應該鎖著。就算開著，我也沒辦法翻越窗框，再說，從二樓窗戶跳下去，實在難保無事。

以結論來說，即使少了這兩名住戶的目光，我似乎也沒有方法離開這裡。只能冷靜下來，等待機會嗎？

此外，我沒有觸覺，也不具備溫度計功能，但從氣溫來看，任由這兩人在這裡小睡也不會有問題。雖然沒有蓋上任何被毯，但七月下旬的這個時期，應該不會著涼感冒。甚至相反，這要是以東京為中心的電視台，應該會疾呼民眾小心「要命的中暑」，但北海道的上午應該不至於有這樣的危險。

「不好意思，請你們再熟睡一會兒吧。」

為了小心起見，我再稍微觀察了一下兩人的呼吸，慢慢地開始移動。挑選地面垃圾較少的部分前進，穿過桌底下，來到母親歪坐的旁邊。

從那裡伸出鏡頭，窺看雜誌山後方。

「有了。」

黑色的塑膠機體。是 Wi-Fi 路由器。幸好原本應該對著後面的那一面朝著這裡。

至於為何說幸好，因為機身後側貼著貼紙，印有機種名稱等資料。上面還有一排十幾位的數字和英文字母，這應該就是初期設定連接 Wi-Fi 的密碼。當然，也有可能後來更改了設定，但值得一試。

我嘗試連接。

「賓果！」

順利連上 Wi-Fi 了。

一點小成就感讓我振奮了一下下，忽然覺得路由器更後面好像有什麼東西，我伸出鏡頭查看。幾乎被垃圾掩埋的那個角落，若非從這麼低的視線，實在不可能看到的餐具架後方，有供應路由器電源的插座。二連插座的下面，插著一個小小的塑膠機器。

是電源轉接器嗎？因為沒辦法再靠近，所以無法確定。

我內心疑惑著那是什麼，躡手躡腳回到原本的位置。以現況來看，實在無法期待更多的收穫。

在原本的位置安頓下來，連上網路，再次確認新聞和天氣預報。

但是在上午九點半多這種不上不下的時間，找不到比早上更新的新聞。頂多就是中午過後，即使是札幌，高溫也會達到必須小心中暑的程度。如果這對母子繼續睡下去，或許響個鬧鈴把他們叫起來比較好。

此外，我從接收到的ＧＰＳ資訊得知這裡的住址和「壽公寓」這個公寓名稱。即使再次確認，距離目的地也還有約二十公里的距離。

無論如何，我都想在明天早上以前抵達小樽。然而現在卻在這樣的半途陷入動彈不得的窘境。到底該怎麼做，才有辦法脫離目前的泥沼？

想到在這裡磨蹭的時候，剩餘的時間也正分秒流逝，我真是快要急瘋了。

安靜的室內，只有睡著的母子倆均勻的呼吸聲。

不管張望多少次，這個房間都找不到當前能做的事。

矮桌上隨手挪開的袋子，是小孩吃完的早餐包裝吧。

女子背後軟趴趴地擱在地上的布袋——是所謂的環保袋嗎？——裡面裝的

或許是最近買回來的東西。有點高度而露出袋外的，好像是廁所洗潔劑和液狀入浴劑。

趴在桌上的女子不健康的面龐旁邊，手機緩慢地持續閃爍。

明明有人，卻安靜到詭異。以現在這種身體說這種話也很怪，但無機質的機器光線，似乎添增了詭譎的不安感。

怎麼回事？這令人焦躁不安的感覺。

確實，男孩應該是持續遭受暴力對待的那副模樣，讓人無法置之不理。但如果只看眼前這狀況，母子和樂午睡的景象從某個意義來說，也可以說是詳和的。

有什麼地方不大對勁。

我在未能掌握那是什麼的情況下，悄悄抬起鏡頭。伸高到極限，俯視桌面。

正面朝上的手機螢幕上顯示著應該是免費通訊軟體程式的文字訊息。

勉強讀到的似乎是對方傳來的訊息：

『只有妳跟我的話，或許有辦法繼續。可是很抱歉，我還是沒有自信當嵐牙的父親。我們先分開一陣子吧。』

底下是一連串母親的回信：『不要說這種話』、『求求你』，應該是一陣子以前和男人的訊息對話。因為一直沒有盼到回音，女子氣憤難耐，滑到之前的訊息，所以呈現這樣的畫面吧。

由於是從斜上方俯瞰，光線反射讓我無法看到日期等更多的詳細資訊。不過，這訊息更讓人不安了。雖然也後悔早知道就不看了，但還是覺得不能袖手旁觀。

我也想過是否不該多管閒事，但因為想到一件事，決定一試。

我從專精手機和電腦通訊相關犯罪的承辦人那裡聽過這樣的知識。連上家庭或職場的 Wi-Fi 時，有辦法更進一步看到連接相同 Wi-Fi 的其他裝置內容。承辦人教了我連接的方法，但前提當然是網路安全防護必須不那麼嚴謹。

連上 Wi-Fi——下載專用 App——搜尋連接裝置——我回溯記憶嘗試。

〔……居然成功了。〕

我的眼前，大剌剌地呈現出就擺在旁邊桌上的手機內容。

Wi-Fi 路由器的密碼也是，這名使用者顯然毫無資安防護意識。

先不管這個，我偷看打開的通訊軟體。

與該名男子的對話可以回溯到幾個月以前。

似乎是這名母親親密交往的對象。男子是母親上班的店家客人，兩人因此結識，似乎從兩個月前便頻繁地在外面碰面。但是男方開始退縮，理由似乎是就像剛才的訊息所顯示的，因為女方有個拖油瓶。在兩人數次碰面的時候，孩子好像表現出強烈的抗拒，以及類似退化行為的大小便失禁。

男方說他沒有自信連同小孩一起和女方交往，和母親拉開距離。男方似乎已經好幾個星期沒有任何回音了。但就在母親一次又一次懇求『我會好好管教他』之後，約一個月前，男方時隔許久又回信了。他說想要重新開始，換了通訊軟體的ＩＤ，兩人又開始對話。對話中經常出現『妳真的有好好管教嗎？』的字句。『如果他真的變乖了，我想再跟妳碰面』、『不，我還是沒有自信，慢一點再碰面吧』，這樣的對話反覆出現。

口吻時而親切，時而冷漠，現在桌上開啟的畫面上五天前的『我們先分開一陣子吧』，是最新的訊息。接下來女子又傾訴『不要這樣說』、『求求你回信』，卻都石沉大海。

儘管這一個月當中，有時男方的口吻極為熱心親切。他說『你們母子倆自己生活，我實在很擔心』，還提到『最近發生的中央區母親殺死孩子再自殺的事，讓我毛骨悚然。請妳千萬不要做出那種事』。

但是看到這些，我剛才的不安又死灰復燃了。

「中央區母攜子自殺案」，我記憶猶新。

那對母子的生活狀況非常悲慘，但不光是這樣而已。那場攜子自殺案，母親在公寓製造硫化氫氣體自殺，結果造成整棟公寓的人都必須疏散避難的大騷動。

硫化氫——這種氣體以容易在家庭中製造而聞名。製造方法最知名的就是將酸性廁所清潔劑和入浴劑混合在一起。

我忍不住再次看向沉睡的女子背後。

﹇不會吧……喂……﹈

我實在不願意猜測女子有這種傻念頭。

這名母親在精神上肯定窮途末路了。

想要依靠的對象正要撒手離去。為了挽回男人，必需管教兒子，卻不順利。發脾氣而動手打人的痕跡甚至都來不及消退。

這時明天學校又要派人來查看。要是兒子身上的傷被看到，絕對會引發問題。今年市內發生過小學女生疑似因家暴而死亡的案例，校方和兒童諮詢所的處理方式遭到質疑。也因為這個緣故，這陣子學校和政府單位對於類似案件都十分積極且謹慎地處理。

然後，在這件事情上，這名母親應該是求助無門。

﹇如果是我多心就好了……﹈

但若是過於樂觀，演變成無法挽回的憾事，我應該會良心不安一輩子。

即使這麼想，我能做的也有限。

當然，我不可能出聲向她確認或說服她。而且，即使母親現在突然做出傻事，我也無力阻止。頂多只能發出鬧鈴聲，或是用身體撞她的腳，但即使能嚇唬她一下，也不可能完全制止她的行動。

就算要向外求援，也沒那麼容易。就像之前研究過的，這台機器能夠做的，至多就只有發出電子郵件。那麼，即使拐彎抹角，也只能依靠這個方法了吧。

只能寄給之前也考慮過的北海道警察的「民眾信箱」嗎？就算寄給不同轄區的富田，從他至今的拒絕反應來看，指望實在不大。

其餘可以想到的，就是札幌市兒童諮詢所嗎？如果剛才看到的郵件，代表雙方之前打過交道，那麼即使是第三者的通報，只要明確寫出住址和兒童的姓名的話，或許對方也會處理。

雖然得多費一層工夫，但現在我可以用日文在瀏覽器搜尋，因此可以連上兒童諮詢所的官網，在聯絡表格輸入文字。上面說「緊急情況請打熱線電話」，但我就是沒辦法打電話，莫可奈何。

我正逐一研究這些方法，忽地聽到聲響。

悄悄往上一看，母親似乎醒了，桌上的頭抬了起來。

我不慌不忙，確認外人看不出機器動作。移動已經結束，回到原位，而且鏡頭恢復成剛才的瞇瞇眼狀態了，應該不會引起懷疑。

女人用有些兇狠的眼神對著這裡，但焦點似乎微微錯開我的身體，扎在兒子的睡姿上。

我遭到懷疑的可能性消失，放下心來，但感覺到母子之間彌漫著非比尋常的氛圍，又更加不安了。

母親默默地瞪著沉睡的兒子，過了好幾分鐘。她似乎連呼吸都屏住了，就這樣扭轉上身望向背後。視線前方，是裝著清潔劑類的布袋。

〔慢著，不要衝動啊！〕

看來只有不祥的預感越來越強烈，讓我如坐針氈。

接著女子微微嘆了一口氣，站了起來。她走向流理台，從時間來看，是要準備午飯嗎？

我看她點燃瓦斯，開始煮水，便繼續做自己的事。我寫下要通報警方和兒童諮詢所的信件內容。

寫下住址和兒童的姓名，接著虛構出聽到室內傳出暗示要攜子自殺的話聲的情節，以及目擊到母親已經買了酸性廁所清潔劑和入浴劑，狀況十萬火急。這樣寫會管用嗎？我只能把希望放在這戶人家以前可能受過兒童諮詢所輔導，並期待公家單位因最近的社會氛圍而及早處理了。

我再想了一下，在報警的信件又補充了一件事。如果通報內容順利傳到，應該會轉到西方警察署的生活安全課。我腦中想著雖然不同課但同署的同仁的臉，在傳達緊急度的文字上花了一番工夫。

郵件各別傳送出去了。對方究竟能理解多少？即使理解了，能火速行動到什麼程度？近年來警方和兒童諮詢所密切合作，如果這次也能如此就太好了，但究竟會如何發展，我完全無法預料。

客觀地預想，今天能有動作就算是好的了嗎？這樣比較雖然有老王賣瓜之嫌，但應該無法期望像刑事課接到「路上有隨機殺人魔」的通報而出動的速度吧。

接著兒子被叫醒，兩人吃了泡麵當午餐。接下來男孩繼續玩模型，母親滑手機，下午就這樣過去。

遊戲時間稍微告一段落時，我試著抬起電源插頭。男孩見狀微微歪頭，但沒有想太多，就幫我把插頭插進附近的插座了。因此接下來一個多小時，我又充到了電量全滿。

說是回報也有點微妙，我默默地陪他玩耍。

小孩玩模型，母親滑手機。

這片刻時光，乍看之下就像是頗為和平的家庭生活嗎？

不停地滑手機螢幕的女子，隨著時間過去，指頭越來越無法掩飾煩躁，這教我憂心不已。

「回我啊……快點回我啊……」

幾乎是無意識一般，斷斷續續的喃喃聲從脣間洩出。

她一再輸入文字，暫時放下手機等待，又迫不及待地拿起來，繼續打字。

就這樣不停地重複，最後暫時放下的手機傳出短暫的一道鈴聲。

尾音還沒消失，女子便將薄薄的機體抓到眼前。

「咦……」

女子發出彷彿從地底深處滲透上來的低聲。

「怎麼這樣……」

一道呼吸、兩道呼吸過去，女子仍然彷彿全身凍結了一般，一動不動。

對面的孩子似乎也察覺了母親的異狀，稍微回頭。但因為沒有後續變化，又繼續回去玩耍。

頭部再次承受著輕微的震動，我悄悄重複先前的步驟。

連上 Wi-Fi，侵入女子正在使用的手機。

又不費什麼工夫地讀到最新收到的訊息了。

『請妳不要再繼續煩我了好嗎？我已經不打算跟妳繼續交往下去了。

嵐牙身上的傷好像又變多了。

不要再把別人牽扯進去了。』

抬眼一看，女子雙肘靠在桌上，雙手摀住了臉。指縫間傳出長長的嘆息。

咔噠、咔噠，房間裡只有孩子斷續移動玩具的聲音。

片刻沉默之後。

「嵐牙。」

被沉聲呼叫名字，模型玩具的飛翔頓時停住了。

「那聲音搞得我很煩。你去那邊的房間。」

孩子沒有回頭看母親，背部微微蜷曲。

「……嗯。」

他窸窣站起來，走向裡面的紙門縫間。雙手只握著三個人偶。

紙門關上後，隔了一拍，女子「哈……」地大嘆一口氣，額頭貼到桌面上。

「媽的……媽的……」模糊的聲音沿著桌面滲流而出。

「搞什麼鬼啦……」

雖然她應該不期待回應，也不覺得說這些話能夠如何。

「到底要我怎樣啦……」

但她似乎無法克制要出聲。

「媽的……媽的……」

女子沒有抬頭，手掌一下又一下拍打著持續閃爍的手機螢幕。

「為什麼……為什麼全都這麼……」

女子嘀咕重複著夢囈般的喃喃聲，緩緩地直起上身。

她朝玄關方向走去，開門不見了。是出門了嗎？還是去廁所？我正在疑惑，穿著休閒服的人影很快就回來了。

手上拎的東西，是看似塑膠製的洗臉盆。是從浴室拿過來的嗎？

她在桌前原先的位置坐下，轉身摸索背後的布包，拿出廁所清潔劑，擰開瓶蓋。

〔喂喂喂……〕

照一般來看，廁所清潔劑不會像這樣在起居間擠到臉盆裡使用。不會先用水稀釋，或是和其他東西混合使用。

將清潔劑和入浴劑倒進臉盆裡混合之後，有毒氣體會多快產生、會多快充滿屋內致人於死，我也沒有正確的知識。但我聽說過，一旦開始發生反應，就很難輕易中止。

要是毒氣開始出現，即使可以叫男孩出去避難，他也有可能在前往玄關的途中就吸到毒氣而昏倒。硫化氫應該有一種特殊的臭味，但我也沒辦法如此詳細地告訴幼童要小心。

必須在兩種液體混合之前，不擇手段阻止女子。

但就算發出鬧鈴聲，頂多也只能讓她停下一瞬間而已。即使不斷播放鬧鈴聲，也只會落得被她嫌吵、敲壞機體的下場。

即使如此，我也沒有其他方法了。要放手一搏嗎？正當我準備開始默念行動，另一個方向搶先傳來機械鈴聲。

是一般形容為「叮咚」的、毫無疑問，是宣告有訪客上門的門鈴聲。

「啊？」

女子滿臉不快地抬起頭來。

但她立刻把臉從聲音的方向轉開了，是表示她決心不理會嗎？但相同的鈴聲持續了兩、三次，她的口中發出咂舌頭的聲音。

「誰啦……」

她站起來，輕拍裡面的紙門：

「絕對不許出來啊。」

交代兒子後，她踩著百般不願的腳步前往玄關。

通往玄關的門很快就完全關上了。這反映出她絕對不想讓訪客看到房間和小孩狀況的意志。

因此無法清楚地聽見她和訪客之間的對話。

我毫不猶豫地展開行動。

我鑽過桌底下，去到女子原先坐的坐墊旁。確定掉在地上的廁所清潔劑的蓋子已經重新關好了。雖然想要藏到看不見的地方，但我無力的怪手夾不起來。沒辦法，只好在蓋子動手腳，再盡量將兩個瓶子分頭踢得遠遠的。

我繼續移動，把臉盆也盡量推到遠處。儘管我知道這些行動都只是聊以自慰而已。

接著我穿過垃圾之間，靠近門邊，稍微聽到一點對話了。

訪客似乎是兒童諮詢所的職員。這表示我的通報獲得迅速的處理了嗎？

「請讓我們看看小朋友。」「他已經睡了。」雙方似乎正如此爭執不下。我聽到職員提到已經向校方確認了，所以女子說不在家的藉口似乎沒能行得通。

「總之，在親眼看到小朋友的狀況之前，我們不會離開。」

「我們也拿到進屋調查的許可了。」

女人的聲音疊在壯年男子的聲音上。理所當然，職員不會單獨拜訪。

從我剛才通報之後，時間應該不足以讓家事法院做出進屋調查的許可，也許是基於以前的調查情形，早已預備好要安排這場家訪了。我的通報，只是讓執行的時間提早罷了嗎？就算是這樣，如果因此趕上了這場危機，依然是有意義的。

或者職員說「拿到許可」，其實也有可能只是虛晃一招？

隔著一道門板，玄關處仍繼續爭執。母親不動如山，職員堅持要入內。職員繼續試著說服母親。

如果職員能蠻幹到底是最好的。但如果「拿到許可」只是幌子，拗不過而撤退，後果將不堪涉想。

想到這裡，我決心介入。

我回到電視機前，評估和裡面的紙門及通住玄關的門雙方的距離。

接著默念，以最大音量播放鬧鈴聲。

嗶！嗶！嗶——！

雖然音量不至於嚇到鄰居，但應該還是有透過門板發出警告的效果。

「咦？咦？」

隨著氣急敗壞的聲音，右邊的木板門打開來。

「什麼？怎麼了？」

左邊紙門打開，男孩探頭察看。

女子站在打開的門口，她的肩後一對男女睜圓了眼睛，注視著室內。

我算準了兩邊的門都打開的時機關掉鬧鈴，因此應該沒有人發現聲音來源是什麼。感覺並不緊迫的怪聲消失後，人的目光會立刻轉向感興趣的東西，這是人之常情。

「啊……哦，你是嵐牙小朋友對嗎？」

男職員探頭看裡面，出聲問道。

「啊……咦？」

男孩的臉僵住了。

「不是叫你不准出來嗎！」

母親臉色大變，衝進起居間。

「啊，篠木女士，請別激動。」

男子穩重地說，脫鞋踏進木板地。

「不要過來！」

母親站在桌前吼回去。她匆忙地摸索腳邊，抓起兩支塑膠瓶。

看來剛才我把東西挪到旁邊的行動，沒有多大的意義。

「你們敢進來，我就潑過去了！」

「嗄？」

正準備和同事一起踏進室內的女職員愣住歪頭，就像在問：「所以呢？這嚇得了誰？」

「等一下。」

但男職員似乎理解箇中意義，按住了女職員的肩膀。

「洗廁劑和入浴劑……我記得混在一起，就會產生毒氣。」

「咦？」

聽到男職員壓低聲音的說明，女職員倒抽了一口氣。

「篠木女士，別衝動，妳先冷靜一點，好嗎？」

男職員發出鎮定的聲音說。

「滾出去！滾出我家！」

女子橫眉豎目，雙手緊抓住瓶子高舉，叉開雙腳喊回去。

房間深處，男孩不知所措地站在紙門前。如果現在當場冒出毒氣，大人們來得及從玄關衝進去救人嗎？應該很微妙。

「快滾！叫你們滾！」

女子不停地叫囂。

門外傳來響亮的開關門聲，似乎是鄰近住戶跑出來看熱鬧了。

兩名男女職員呆站在玄關。

這時，後方忽然冒出一名西裝男子，拍了拍女職員的肩膀。他默默地以動作交換位置，安靜地探頭看門內。

女子猜想應該是支援的職員，恐嚇的姿態沒有變化。

但是看在我的眼裡，這場更迭意義十足。

因為新入內的男子是我認識的人。他是西方警察署生活安全課的職員，也就是警察。他姓高木，記得是晚我三年進來的後輩。看來這次十分幸運，兒童諮詢所和警方配合行動了。

毫無疑問，他比兒童諮詢所的職員更熟悉這類危機場面。但即使是這樣的高木，面對母親這種狀況，似乎也無法輕鬆應付。

「請冷靜下來，篠木女士，不要衝動。」

看得出高木正以強調冷靜的聲音安撫著，同時警覺地觀察室內。

「少囉唆，滾出去！」

「好的。我們先離開，請千萬不要傷害小朋友。」

高木向旁邊的男子使眼色，後退一步。

「滾出去，馬上！」

母親配合對方，往前跨出一步，抓著瓶子的雙手在胸前重疊。雙手都抓著瓶子，十分不靈活，但她仍試圖用指頭扭開瓶蓋。

「咦？咦？」

然而蓋子卻怎麼也擰不開，她低頭往下看。

也難怪轉不開。因為剛才我用掉在地上的膠台裡的膠帶，在蓋子上貼了一圈。

憑怪手的操作無法牢牢固定，但應該有讓她手足無措一下的效果。

「咦？怎麼會？」

抓緊她混亂的時機，臨門一腳。

一樣用最大音量，我播放警笛聲。

嗚——嗚——

「咦？咦咦？」

女子東張西望。

這時高木一跳，撲了上來。

他抓住女子的右手腕，搶下洗廁劑的瓶子。

光是這樣，就解除所有的危機了。只要兩種液體沒有混合在一起，各別的瓶子毫無威脅性。只剩下左手的入浴劑，甚至沒辦法拿來毆打警官吧。

高木謹慎地讓母親也放開剩下的瓶子，環顧室內之後，伸手扶住母親的背部：

「先出去外面吧。」

女子再也不反抗，默默聽從。兩人出去，兒童諮詢所的兩名職員跑到孩子身邊。

孩子也被帶出去，所有的人都離開了。

我趁機悄悄地靠近通往玄關的門。

幸好室內門和玄關門都開著沒關。我避人耳目，從門後窺看，可以看到半戶外通道通往內側鄰家的方向。被帶出去的母子似乎下樓了，已經不見人影。

一樣是認識的人，生活安全課姓城田的女職員，和一名年近中年的婦人在通道談話。

「您是鄰居對嗎？隔壁好像已經沒事了，方便請教幾個問題嗎？」

「咦？啊……可以啊。」

「您剛才好像匆忙跑出來看？」

「呃，對，是毒氣嗎？我覺得很危險，所以想說要避難。」

是指母親高舉瓶子恐嚇的時候，戶外傳來「砰」、「磅」的響亮開關門聲的事。

「啊，這樣啊，所以您才會出來。」

「因為之前新聞也有報，說整棟公寓的住戶都疏散了。」

「是啊，如果今天也出現毒氣，我們也必須立刻請住戶疏散才行。」

男聲加入進來。仔細一看，好像是高木從樓下回來了。

「幸好沒有鬧到那一步。」

「就是啊。」

高木苦笑，好像看了隔壁的門牌：

「那，森片女士是嗎？您怎麼知道有毒氣呢？」

「咦？我聽到聲音，所以……」

「隔壁太太應該沒有提到這樣的事。她只說『我要潑過去了』、『滾出去』這些。」

「咦？咦？是嗎？呃，可是我好像有聽到什麼……」

「難道，您知道篠木女士買了洗廁劑那些？」

「啊，哦，對，她買東西回來的時候我們遇到……看到她買的東西，我心想：啊，是危險物品。」

「那麼，您也知道篠木女士為了孩子的事很苦惱？」

「啊，嗯，因為就住隔壁嘛，大概知道……」

「所以您才想到製造毒氣的可能性。這樣啊。抱歉問個私人問題，聽說您的父母，就住在篠木女士那一戶正下方？」

「對……我以前也住在那裡。可是因為都這個年紀了，一直跟父母同住好像也不好意思，所以租了空下來的二樓這一戶搬過來。」

「這樣啊，原來如此。話說回來，您對隔壁的狀況瞭若指掌呢。」

「咦？也還好……就普通……」

「其實呢，隔壁住戶好像被人裝了疑似竊聽器的東西。」

「咦……？」

「我們正要調查這件事，想要調查一下森片女士的住家，可以請您在外面稍等嗎？」

「咦？怎麼這樣……」

「不花多少時間的，請您配合。」

13

高木等人的行動，應該是依據我提供的情報。

我在寫給警方的通報信中聲明「只是有這個可能性」，補充了一些事。

雖然沒有任何確證，但相當啟人疑竇。篠木母子的生活會荒廢到這種地步，背後似乎有某些陰謀。

首先——

●母親的情緒會如此暴躁，最大的原因是和交往的男友在通訊軟體的對話。

●母親與男友曾一度中斷聯絡，但一個月左右前又重新聯絡了。

●重啟聯絡時，男方換了ＩＤ。

●後來的對話，男方一下子讓人期待破鏡重圓，一下子又暗示要分手，玩弄對方的感情。

在這當中，其他點姑且不論，但再次聯絡時換了新的ＩＤ，這太不自然了。

因為是從舊的ＩＤ發訊息通知，所以收到的一方或許不覺得有異，但我認為有可能被動了手腳。

以篠木家的網路環境，應該可以做到以下的事：

- Wi-Fi路由器和手機的安全性極低，只要具備相關知識，就能侵入其中，偷看到手機內容。
- 若是看到通訊軟體以前的對話，就可以偽裝男方的ＩＤ，傳送新訊息。
- 即使傳送訊息，如果ＩＤ一樣，母親的回覆會傳給ＩＤ的正牌主人，但若是在這時通知換了ＩＤ，接下來就能夠在正牌不知情的情況下，由冒牌貨進行聯絡。
- 只要趁母親不在的時候進入篠木家的起居室，就能看到Wi-Fi路由器機身上的密碼，輕易私連上Wi-Fi。
- 此外，篠木家的起居室和路由器一起插在餐具櫃後方插座上的東西，有可能是竊聽器。

如果這些猜想證實是真的，那麼擅自連接路由器以及進行竊聽的人，動機也有可能頂多只是惡作劇。

但重啟聯絡後，訊息似乎想要讓母親注意到前些日子發生在中央區的母攜子自殺新聞，倘若重視這一點，雖然更是毫無確證的揣測，但有以下的可能性：

- 讓母親注意到中央區的母攜子自殺悲劇，讓她對以毒氣自殺的手法產生興趣。網路上有許多不負責任的留言，宣傳混合酸性洗廁劑和入浴劑，製造硫化氫氣體自殺的方法既方便又確實。
- 相較於其他毒氣，硫化氫影響很快，而且比空氣更重，如果發生在公寓，有時會害死樓下的住戶。

因此，如果有人滿足以下的條件，有可能想到利用篠木家這樣的狀況，來為自己謀取利益。

- 那個人曾經以送孩子回家為藉口，趁母親不在時，進入篠木家的起居室。
- 有偷連 Wi-Fi 路由器的知識。
- 有危害篠木家樓下住戶的動機。比方說，是一樓住戶的小孩，一直沒有工作，寄生父母，但最近搬出家裡。生活拮据，但如果父母死亡，就有遺產進帳等等。

雖然有些地方描述得過度具體，可能引來對情報提供者的懷疑，但若不是這麼具體，警方肯定不會認真看待，因此我認為顧不了這麼多了。

此外，不可否認，內容幾乎全是臆測，是毫無證據的指控。如果這是小說中偵探進行推理與斷罪的場面，絕對教人笑掉大牙，但如果只是提供讓警方調查犯罪可能性的契機，就沒有問題。反而若是刻意忽略可疑之處，問題更大。

如果警方調查發現，插座上的東西就是竊聽器，而隔壁女子家的手機等設備連著篠木家的 Wi-Fi，並有偽裝通訊、竊聽的痕跡，她的嫌疑就非常深了。

相對地，假設查不出任何名堂，全是我想太多，在這個階段也不會引發什麼大問題。不過看剛才森片女士的反應，她似乎作賊心虛。

這部分就期待高木他們的表現了。其實掌握某程度事證後，案子很有可能從生活安全課轉移到刑事課，對我來說，也不能說是事不關己。

不管怎麼樣，都不是現在的我必須繼續煩惱的事了。

我想專注在目前最應該優先思考的問題。

之前在說話的高木和女同仁進入隔壁房間了。或許只有短暫的片刻，但二樓通道沒有人了。

不能錯過這個機會，我火速從玄關溜出去。從通道隔著柵欄往下看，建築物前方有許多人。我放棄立刻逃亡，採用預先準備的第二方案，從通道移往和樓梯相反的方向。

滑進靠柵欄排列的花盆最裡面那一盆後方。不知道算不算慶幸，地上掉著似乎是用來墊花盆的塑膠水盤，我撿起來蓋在頭上。

如此一來，遠遠地看過來，應該不會在一排花盆中察覺異狀。應該啦。

儘管著急，但只能等待所有的人都離開。

現在是下午四點多。從剛才最後一次確認的新聞來看，狀況沒有變化。

因此我的目標還是一樣。明天早上以前抵達小樽。我想等到這棟建築物一沒有人，就立刻出發。

到底能避人耳目地前進到什麼地步？有充電的機會嗎？我清楚有太多的不確定要素了。接下來只要再不眠不休地前進約二十公里、十幾個小時，就能抵達目的地。只要有那麼一絲可能性，我就要往前進。

那兩個房間又有人進出了幾次，持續在調查的樣子。我盡量隔絕對那裡的關注，全心靜待時機到來。為了盡可能節省電力，我停止一切動作，也盡量停止思考。

快七點的時候，好像全部調查完畢，眾人離去了。

這段期間，從隔壁的森片家裡，似乎至少是找到了竊聽的證據。要證實更多的犯罪感覺相當困難，但森片女士被警方帶下樓了。

最後高木和城田走出房間，朝樓梯走去。

「不過，剛才這房間傳出的像警笛的聲音，那到底是什麼？」

經過篠木母子的住處前，高木想起來似地納悶說。

「不知道是什麼發出的聲音嗎？」

「嗯，我剛才又查看了一下，但房間裡沒有像是會發出那種聲音的機器。我問那孩子，他一直說是『幽浮』。」

「兒童諮詢所的人也有聽見呢。總不會是大家都被外星人給唬了吧？」

「就是說啊。不過就算找不到聲音來源，對這個案子應該也不會有影響。」

「唔，也是啦。」

「這樣就算囉？」

總之，似乎不會有人追查可疑掃地機器人的去向，可以說是皆大歡喜。

兩人的背影就這樣朝樓下消失了。

我又等了一會兒。

夜幕籠罩四下，行人的蹤影也變得稀疏。

〔好！〕

最重要的是，感覺這棟公寓的住戶似乎沒有任何動靜，我展開行動。

盡量壓低聲音，移向通道盡頭處的鐵梯。誇張地說，光是下樓梯就是要命的行為了，但也只能硬著頭皮幹了。我稍微後退加速，躍下階梯。

理所當然，每下降一階，就發出「喀鏘喀鏘」的撞擊音。為了盡快結束這場騷動，我壓抑著莫大的恐懼感，連續滑下樓梯。

最後伴隨著一道相當恐怖的「嘎鏘鏘」聲，在地面附近的混凝土上著地了。有股自己的腹部可能已經裂開來的恐懼，但沒空停下來拖拖拉拉。我繼續前進，先躲到附近的儲藏屋後方。

日落時間已過，路燈開始亮起。前方的小巷沒有行人。

昨晚等到天色足夠陰暗，我才開始移動，但現在已經等不下去了。我懷著拚死的心情，滑出道路。

雖然只是印象，但前方沿路看起來明暗斑駁，不太規則。或許是因為正值薄暮的半吊子時段，路燈有些亮了，有些還沒亮，或暗或明的關係。

經過亮起的路燈下時，必須小心不被人看見。在茫茫暮色之中，必須充分留意路面，確定有無妨礙車輪移動的物品。不管怎麼樣，都必須牢記將會伴隨著與昨晚深夜的移動截然不同的困難。

即使如此，我也無暇猶豫。

喀沙喀沙咔啦咔啦……

我評估著與偶爾聽到的腳步聲的距離，尋找可以藏身的暗處。遇到明亮的地點，則努力加快速度通過。

咔啦咔啦咔啦……咔西咔西……叩……叩……

不停磨擦下腹部的詭異聲響，我則刻意轉移意識不去聆聽。

快啊！快啊！目光只向前看！

穿過有許多住宅的一區，經過一道小橋。前方是稍微稀疏的幾幢住家，其間參雜著空地和小塊田地。

快步穿過變得更稀疏的路燈底下，抬起偵察的視線，瞭望越來越陰暗的前方路面。

和肉身的時候一樣，人在著急的時候，視野就會變得狹窄吧。

幾乎是全速衝過人行道，即將通過連巷弄都稱不上的小路交叉口時。

嗄──！旁邊突然冒出有些嘶啞的金屬聲響。

〔哇！〕

糟糕！這麼想的時候，已經閃避不及了。

鏘！一道破裂聲。下一瞬間，我的身體浮上空中。

在柏油路上一彈，側躺滾動。

〔哇！哇哇哇哇……！〕

似乎一下就穿越雖然窄卻是不折不扣車道的路面了。以側躺——也就是圓盤如同車輪般滾動的狀態，當然沒有煞車，就這樣滾落逆向車道的路邊。

喀鏘，叩咚。

一陣撞擊聲後，不知是否該說幸運，我的身體回到原本的圓盤姿勢，靜止下來。

「靠，什麼東西啦……！」

朝罵聲傳來的方向仰望，從低矮的位置看不清楚，但似乎是騎自行車的年輕人在叫罵。他沒有開燈，應該是突然從旁邊衝出來，把我給撞飛了。

年輕人東張西望，但似乎找不到我掉落的位置，自行車很快便順著路騎走了。

他應該有撞到東西的自覺，但從感覺來看，不是人或交通工具，也難怪他會當成是撞到掉在路上的垃圾等物品。應該完全不擔心構成肇事逃逸吧。

對我來說也一樣，年輕人就這樣放棄追究，幫了我大忙。

稍微冷靜之後，為時已晚地，悔恨湧上心胸。

從時段來看，我應該要設想到這種可能性的。根據常識，就算是開車，這樣的傍晚時段也是最危險、最必須小心的。尤其是沒有開燈的自行車，是最必須格外提防的對象。

現在的我在發現行人的腳步聲或身影之後，還算有足夠的餘裕躲藏起來。汽車當然有引擎聲，而且這個時間不可能不開車燈，但自行車就不一定了。沒有開燈，就算沒注意到，也會一眨眼就從遠方逼近，當聽到車輪聲時，已經像剛才那樣，太遲了。

而且剛才那輛自行車好像是從旁邊的山上衝下小路的。當然，他應該預先左右查看，確定前方沒有行車或路人了。所以就算車子整個騎到路中間也無所謂，速度只放慢到勉強可以左轉，便猛地衝了出來。結果好巧不巧，從旁邊把我給撞飛了。

我也是重達近四公斤的機器，因此應該不會輕易就被撞到飛上天才對。平常的話，頂多就是當場翻倒，或是從上方被輾過。除非力道和時機剛巧吻合，否則不會像這樣滾過車道，翻下路邊吧。

不過多虧了這樣的巧合，我沒有被發現是一台可疑的野生掃地機器人。這一點就當做僥倖吧。

我重新振作起來。可是。

〔咦？……〕

審視自己的狀況，我整個呆了。

動不了。

我停下來的這個位置，似乎是路邊的側溝上方。圓盤機體剛好陷在溝上，幸好兩側勉強卡在混凝土邊緣。換句話說，以姿勢來說，一如平常，上面朝上，附有車輪的底面朝下。然而賴以行走的四個車輛卻懸空掛在涓涓流水上方了。即使無意識地使勁，也只聽到「咔啦咔啦」的空洞轉動聲。

車輪沒用了，代表我無法自力離開這裡了。這台機器沒有抬起自己的身體脫困的功能。除了車輪以外，能夠發揮物理作用的就只有怪手和電源插頭的支柱，但力量實在不夠。如果貿然嘗試以力量微弱的這兩樣機關挪開身體，包管會翻進側溝的水裡。

〔走投……無路了嗎？……〕

不管怎麼想，都不可能自力脫困。剩下的選項，就只能依靠他人了。

等到路人經過時，發出鬧鈴聲，引起注意，或許會有人把我救出來。但是就如同我先前想破頭的，如果這麼做，最有可能的結果就是被帶走據為己有，或是當成失物送交派出所。不可能會有人默默把我放回路上，任我繼續前進，我也沒有方法可以拜託別人這麼做。

我徒勞地掙扎，同時試著立起電源插頭的支柱，而這並非深思之後的行動。瞬間，一陣「嘰嘰」磨擦聲，插頭收納處的蓋子打開了，但感覺只立起了一丁點兒。

〔不會吧……〕

我在心中驚愕呢喃。

剛才的意外，似乎造成了故障。不只是插頭的支柱，上方某處也傳出宛如裂開的恐怖磨擦聲。

毫無疑問，有哪裡破損了。雖然無法立刻檢驗，但即使內部的精密電子儀器出現某些異常，也毫不奇怪吧。

最重要的是，現在清楚的是，這台機器失去了自行充電的能力了。即使能夠脫離目前的困境，繼續朝目的地前進，如果無法充電，也絕對會半途力盡倒地。達成目標的可能性一下變得渺茫了。

〔屋漏偏逢連夜雨啊……〕

我該怎麼辦？

14

有辦法從這裡爬出來，繼續跑到終點嗎？

我正嚴肅地思考，忽然一道聲音從天而降：

「哎喲哎喲哎喲？」

偷偷往上一看，一名嬌小的老婦人正從路上探頭看過來。

「想說被撞得好遠，沒想到掉在這種地方。」

從這話來看，她似乎目擊了剛才的對撞事故。事故發生後花了幾分鐘才跑來這裡說話，表示她應該是在相當遠的地點看到吧。高齡者遠望視力特別好，這也相當合理。

天色漸暗，看不出細節，但婦人穿著像橘色的Ｔ恤，配深色裙子，像是出門到附近散步的服裝。

「哎喲哎喲哎喲。」

婦人兀自點著頭，踩下比路面低上約十幾公分的側溝旁。接著「嘿咻」一聲，雙手抬起我的機體。

「這種機器怎麼會跑來這種地方？看起來還能動呢。」

老婦人喃喃自語明確地說出聲來。看來她有自言自語的習慣。

她就這樣抬著我回到路上。路邊放著一台菜籃車。她掀起像是塑膠製的蓋子，將我側放進去。我好像和塑膠袋裡的瓶罐等東西一起，成了要帶回家的戰利品。

蓋子蓋上，菜籃車「嘎啦嘎啦」動了起來。

看不見外面，但從體感來看，腳步遲緩，和這台機器自力行走的速度差不多。

走了一陣子後，菜籃車轉彎，不久後「嘿咻」一聲被抬起。爬了幾階階梯，抵達應該是自家的玄關。從階梯段數不多來看，我猜可能是透天厝。

「我回來了。」

婦人略為揚聲招呼，把我和塑膠袋從菜籃車裡搬出來。在明亮的走廊前進幾步，啟開的門內似乎是起居間。

「我回來了。」

婦人再說了一次，沙發上的男人轉過有些不悅的臉：

「妳跑去哪裡了？」

「不是說去買柚子醋嗎？」

「我沒聽到。」

「真是——你重聽真的很嚴重。」

「咱們都老了，彼此彼此吧。」

完全就是老夫妻的對話。在明亮的房間裡重新檢視，兩人都是白髮裡參雜一點黑絲，從外表估個七十多歲，應該不會差太遠。在心裡稱他們老爺爺、老婆婆，應該沒有問題。

「淋涼豆腐的柚子醋沒了，所以我去買。雖然有點晚了，我這就來做飯。」

老婆婆一副對丈夫的冷漠習以為常的態度，將東西擺到桌旁的地上，前往廚房。

「那台髒兮兮的機器是什麼？」

丈夫看著老婆婆的背影問道，當然是看到我而發出的疑問吧。

「它滾到路邊去了。應該是很貴的電器，我要送去派出所。今天已經很晚了，明天老爸也陪我一起去喔。」

「哼……好啦。」

雖然冷漠，但還是答應了。毫無疑問，這是這對老夫妻的日常對話模式吧。

「可是真是有夠髒的，而且這上面不是裂開了嗎？」

「……果然。」

儘管早有預期，但被實際看到並指出，還是害我沮喪不已。

「我在有點遠的地方看到，好像被腳踏車撞到，滾到路邊去了。」

「那它真的本來是在路上跑嗎？」

「應該是吧。」

老婆婆端來托盤，老夫妻開始用餐。

用餐期間的對話，幾乎是妻子單方面說話，丈夫只會偶爾應聲。但老婆婆毫不氣餒，滔滔不絕，從鄰居八卦一路說到電視上看來的知識等等。

吃完飯後，她探頭看丈夫打開的晚報說：

「啊，中央區的殺人案，剛才電視新聞也有報，好像兇手那些都還沒查到呢。」

「好像。」

「電視上名嘴都在說，好像小說的密室詭計。」

「哼，那夥人什麼都愛湊熱鬧，誇張炒作。」

一定是在說我之前待的富士大樓的命案。電視和報紙都沒有報導新進展嗎？這表示後來都過了一天，富田他們仍然沒有掌握事證嗎？

在廚房收拾完畢的老婆婆折回起居室，拍了一下手說：

「對了，我忘了說。剛才公生打電話來，說下星期要開車載我去醫院。」

「哼。」

聽起來像是孝順的兒子提出要幫忙，但老爺爺卻有些不悅地冷哼了一聲：

「把我當老人。」

「我們本來就是老人啊，有什麼辦法？」

「哼。」

老爺爺冷漠的應聲依然沒有影響老婆婆，她在旁邊的沙發坐下來。

那張臉忽然伸長了探向這裡：

「這台機器是那個吧？掃地機器人。會動嗎？可以試試看嗎？」

遠處的丈夫也伸頭看過來：

「看上去沒有開關那些。沒有遙控器之類的，應該不能操作吧。」

「嗯……」

老婆婆點著頭，用面紙為我擦拭面板。

「擦一擦之後，看起來好像滿新的呢。拿去丟掉太可惜了。」

「就算看起來新，也有可能故障不能動了。」

「也是。」

老婆婆將機身上的灰土完全擦拭乾淨，檢查了一遍：

「看起來滿可愛的耶。看，上面的圖案好像一張熊臉。」

「就算妳這麼說，也不能留在家裡。」

「我知道啦。」

老婆婆微微噘嘴。

這麼說雖然失禮，但這個老婆婆的各種動作，在在透露出一種可愛的氣息。對於幾乎是堅守冷漠的丈夫態度也絲毫不以為忤，輕巧地左閃右躲，以自己的步調繼續對話。她的語調，動輒聽起來就像要配合旋律歌唱起來一般。

「不過會像這樣來到我們家，也算是一種緣分嘛。我先幫你弄乾淨喔。」

老婆婆拿來像抹布的東西，認真為我擦拭起表面。

「隨便妳。」

老爺爺冷哼一聲，站了起來：

「我暫時待在那邊。」

「好好好。」

老婆婆頭也不抬地應聲。這似乎也是平常的對話模式了，老婆婆沒有在意的樣子，老爺爺打開通往玄關的門出去了。門的開關聲後，立刻傳來另一道開關門聲。似乎是進入走廊其他房間了。

「老爸去聽他的音樂了。」

老婆婆的聲音歌唱似地落下。與其說是自言自語，似乎更是積極地在對我說話。或許她完全把這台掃地機器人當成寵物了。

「那裡是隔音室，所以老爸都會在裡頭關上一兩個小時。只要關進那裡面，敲門也聽不見。」

雖說是隔音室，卻隱約傳來音樂聲。不過私人住宅的音響環境，這大概就是極限了。

從老爺爺嚴肅的外表來看，我以為他是古典音樂愛好者，沒想到傳來的卻像是搖滾樂。說到老人家聽的音樂，一般都會聯想到演歌或古典樂，但仔細想想，往年的搖滾巨星，現在都已經和這裡的老爺爺差不多歲數了，所以這或許不算什麼特殊的愛好。

擦完我的頭後，老婆婆滿意地重新端詳。

「好了，這下就乾淨了。」

她點了兩三下頭，嘿咻一聲站起來。

「來泡個茶好了。」

老婆婆開瓦斯煮水，很快就回來了。她重新坐到沙發上，以極自然的動作摸了摸我的頭。

「老爸也累積了很多憂鬱啊。去年辭掉町內會長的職位，本來以為這下就可以自在享福了，沒想到身邊每個人都異口同聲叫老人家別做這別做那，什麼都不可以勉強。雖然明年就傘壽了，被當成老人家也是應該啦。」

傘壽——明年就八十歲了嗎？

說到七十幾歲，囊括的世代也很廣，不過似乎比所謂的「團塊世代」[4]更老一些。七十九歲的話，勉強算得上「戰時世代」的末段班吧。

不久前，我看到電視台以「回顧五十年前」為主題的節目，那個年代大學畢業生很罕見，所以正值工作盛年的世代應該比現在的我更年輕一些。他們一肩扛起日本的經濟高度成長期，同時也成為搖滾樂等新文化勃興的中心。

不，或許這些文化的中堅是更下面一些的世代，這裡的老爺爺是全心全意為工作打拚的世代嗎？或是出於當時無法充分享受那類文化的反作用力，現在才開始蒐集這些音樂也說不定。

附帶一提，我看到這個節目回想起來，一九七〇年代前後，女性的服裝時尚當中，迷你裙引發了空前絕後的大熱潮。根據節目中登場的學者煞有介事的解說，由於電視機的普及，日本全國可以同步共享影像資訊，而迷你裙是電視普及後第一次的時尚流行，因此絕不誇張，掀起了空前絕後的大熱潮。當時日本全國，從小學女生到成年女子，沒有一個例外，全都穿著迷你裙，甚至連中年以上的婦人裙款，都變得比傳統更短一截。

不，老實說，電視上說的事，到底有幾分是事實，也難以查證。事實上，不

4 「團塊世代」指日本戰後的第一波嬰兒潮，為二戰後日本經濟起飛的主力世代。

久前報導昭和三〇年代[5]的社會狀況的節目中，幾乎都一定會使用「群聚在街頭電視機前的人群」的影像片段，但我聽老人家說，「只有東京才會那樣」。真假如何，無從得知。

我是因為無聊，才會天馬行空地聯想到這些。言歸正傳，那個節目上，藝人發表感言說：「想像現在充滿威嚴的那個世代的女性，在當時幾乎個個都穿超短迷你裙，總覺得教人莞爾呢。」

撇開這類一般見解不談，想到現在這個老婆婆也是那個世代的女性，總覺得耐人尋味。

怎麼說，相較於當代的一般同年代婦人，這位老婆婆的話，我完全可以想像她年輕時穿迷你裙的模樣。她給人的印象，就讓人覺得她年輕時一定相當可愛。

我無事可做，只能靜靜不動，無聊到只好靠這種無關緊要的想像來排遣心情。因為如果思緒回到現實問題上，感覺真的會急到燒起來。

這樣下去，想要在明天早晨以前抵達小樽，根本是天方夜譚。不僅如此，照這對老夫妻的打算，明天我就會被送去派出所，陷入無法行動的狀態。

另一方面，要在今晚逃出這個家，也完全絕望。就算老夫妻就這樣入睡，從門窗的狀態來看，別說離開這個家，連想要離開這間起居室都辦不到。

悄悄放眼四顧，房間角落，高約五十公分的台子上，有一台室內電話。看不到電腦類的東西。視野範圍內也看不出有沒有手機。

就如同從這種狀況猜想的，即使尋找，也完全感應不到 Wi-Fi 訊號，因此也無從掌握正確的現在地點。我從日落時分開始移動，大概前進了二至三公里，因此剩下約十七至十八公里的路程。即使以最高速度移動，一樣需要十個小時左右。現在是晚上九點多，因此即使可以立刻動身，能否在清早抵達也十分難說，是這樣的最後關頭了。

朱麗的安危已是燃眉之急，然而我卻無計可施，只能扮演寵物，聆聽老婆婆單方面的傾吐。

該怎麼辦才好？——真的是一想起來，就急到 CPU 都要燒斷了。

「……所以啊，我兩個兒子說隨時都可以開車載我出門，老爸卻都冷冰冰地拒絕，說『我還可以開車，不要把我當老人』。」

在這個老婆婆心裡，搞不好我不只是個寵物，已經升格為鄰居歐巴桑等級了。老婆婆的訴說就是如此複雜深入，讓人忍不住這麼想。

「是啦，沒有車子，有時候真的很不方便。這一帶以前的商家一間間關了，剩下的全是超商。想要去大一點的超市，就得下去手稻的站前才行。」

5 昭和中期，約一九五五（昭和三十）至一九六四（昭和三十九）年。

〔啊……〕

我以前看地圖時發現過這件事。來自山地的國道五號線垂直穿過JR手稻站附近，到站前的水平距離雖然不到一公里，高低差卻高達四十公尺。

從剛才看到的這位老婆婆的步態來看，要帶著買好的東西，爬上高四十公尺的坡道，相當費力。在積雪的冬季，更絕對要避免經過易滑的坡道。

「但想到更鄉下的地方，又覺得這樣的煩惱太奢侈了呢……」

老婆婆以手扶頰，笑吟吟地說著。

「老爸還在上班的時候，我也還很能走的。哎喔討厭，真不想上年紀呢……雖然上了年紀，也不全是壞事啦。」

老婆婆說著，自己搖了搖頭。

「既然上了年紀，就只能學會妥協了呢。」

這次她對自己的話點了幾下頭。

老婆婆這副已精通自我對話之術的模樣，八成是被那個丈夫的冷漠訓練出來的。

咻……

總而言之，老婆婆是把我救出剛才的窮途末路的恩人，我也不惜為她擔任寵物或附近歐巴桑的替身。要是陷在那個側溝裡，車輪空轉，電量耗盡，又遇上下雨的話，我的第二人生八成也將在那裡拉下布幕。

咻……

「我是希望老爸要是有別的興趣，多多享福就好了。我也會邀他一起去老人家的聚會，可是他就是那副德行。」

我聽說高齡男性大部分都很難融入那類人際團體。從這一家的老爺爺的樣子來看，硬邀他去，或許也是反效果。

咻……

話說回來……咦？

咻……

從剛才就一直傳來的這怪聲到底是什麼？

咻……

抬起視線。

坐在沙發的老婆婆背後有白色的東西。

廚房的方向。煙——不對，是蒸氣嗎？

這麼說來，剛才她是不是去燒水了？

我慌忙往旁邊移動幾十公分。變得開闊的視野中，確實看見了從廚房瀰漫出來的蒸氣。

嗶——！嗶——！嗶——！

我播放鬧鈴聲警告。

「咦？咦？怎麼了？」

看到機器突然動起來還嗶嗶亂叫，老婆婆當然驚訝得瞪圓了眼睛。不過她似乎跟著朝廚房移動的我望去，察覺了前方的異狀。

「哎呀哎呀哎呀，不得了，都忘了在燒水了。」

老婆婆慌慌張張地站起來，跑向瓦斯爐。

她幾乎是往前栽地伸手關掉開關，熄掉了瓦斯爐的火。

接著她抓住水壺把手，登時尖叫：

「好燙！」

嬌小的身體往後一跳。

結果臀部撞到餐具櫃，撞得櫃裡的陶瓷碗盤喀鏘亂撞。

「哎呀哎呀哎呀，天哪……」

她慌忙按住玻璃門，結果整個櫃子又被推得前後猛烈搖晃。

「呀啊……！」

最後櫃子嘩啦亂響地朝向老婆婆傾倒下來。

即使我有手腳，應該也來不及讓老婆婆閃避吧。

一陣刺耳的碗盤撞擊聲後，餐具櫃整個往前趴倒了。

「老婆婆沒事吧？」

我趕過去查看。

「啊……嚇死我了。」

老婆婆瞪圓了眼睛，發出驚嚇的聲音。她整個人跌坐在地上。餐具櫃倒伏在她伸出的雙腳上，但她的表情並不痛苦。

似乎並未演變成最糟糕的狀況，我放下心來。我繼續觀察，老婆婆說：

「真不該冒冒失失的呢。被老爸看到會生氣，得快點收拾……咦？咦？」

老婆婆挪動雙腳，似乎想要把腳拔出來，但櫃子文風不動，雙腳不知道卡到哪裡，好像拔不出來。

「咦咦咦？怎麼搞的呢？」

老婆婆繼續發出以狀況來說未免過度悠哉的聲音，只是頻頻歪頭納悶。

「怎麼回事呢？又不會痛，卻拔不出來。這下傷腦筋了。」

老婆婆將瞪圓的眼睛轉向我，對我說話。

「該不會……喂……」

不會痛，會不會是傷到神經了？

總之，得盡快把她救出來才行。

但即使這麼想，憑這台無力的機器之身，也愛莫能助。

既然如此，通知丈夫，讓他來救人，當然才是好的做法。

然而剛才製造出那樣震耳欲聾的噪音，另一邊的門卻沒有任何動靜。

〔老婆婆剛才說是隔音室，敲門也聽不見。〕

這麼大的聲響都沒有反應了，只能當成隔音是事實了。那麼即使我有辦法開門趕到音響室前面，應該也無法向室內通知這場意外。

「噯，這也沒辦法了吧。」

老婆婆一樣語氣悠哉地說著，就像自言自語，或是對寵物說話。

「只能等老爸出來了呢。」

從她苦笑的模樣來看，似乎也已經放棄掙扎脫困了。

確實照這樣下去，好像也只有這個法子了。

即使播放我持有的最大音量的警笛聲，也無法傳進音響室內，或是引來附近鄰居吧。

那麼剩下的手段，就是叫救護車嗎？

我已再三提過，我的體內沒有電話功能。email 無助於通報緊急狀況，而且在這棟屋子裡，甚至無法傳送 email。

室內電話放置的台子，距離老婆婆跌坐在地的位置約有兩公尺，她不管再怎麼努力伸手也搆不到。高度有五十公分，我的怪手也不夠長。

看得到的範圍內沒有手機類。或許這個家裡有，但我沒辦法問老婆婆。

「大概一個多小時，老爸就會出來了吧。」

應該是因為暫時沒有疼痛感，老婆婆完全打定主意就這樣原地等待了。

可是等上超過一小時的話……

不妙。

搞不好會關係到性命。

想到這裡，我更拚命地絞盡腦汁。

15

不論怎麼分析，都想不到其他方法。那麼在目前想到的方法當中，最有可能實現的是哪一個？

我立下決心，在地毯上移動。

〔要是失敗弄壞，也只能說抱歉了。〕

因為不知道往後有沒有賠償的機會，我先在心裡道歉。

從目測五十公分的高度延伸而下、爬過地板的線有兩條，毫無疑問是電源線和電話線。拉扯可能會鬆脫的是電話線，因此我挑選了插在牆上二聯插座的黑色電源線那一條。

我用頭上只能抬高一點點的插頭支柱前端勾住電源線，接著猛地全速衝刺。電話機一下子就被扯過來，下一秒鐘，機身發出響亮的碰撞聲掉落在地上。

「咦？咦？怎麼了？」

我不理會老婆婆慌亂的聲音，將耳朵湊近掉落的話筒。幸好裡面傳出「嘟……」的機械聲。太好了。雖然有五十公分的高度，但因為鋪著地毯，似乎沒有摔壞或斷線。

話筒掉了，因此我直接對著數字鍵伸出怪手。怪手很難做出精密的動作，因此要小心翼翼。只需要按「一一九」三個鍵就大功告成，謝天謝地。

按完後，我旋轉身體撞話筒。一樣令人慶幸的是，話筒是無線的。我從後方推撞，將話筒撞到老婆婆搆得著的位置。

「咦？咦？叫我接電話嗎？」

老婆婆反射性地拿起來，話筒已經傳出對方詢問的聲音：「請問有什麼狀況嗎？」

「啊，是是是。哦，就是櫃子倒下來，我被壓住，不能動了……是，是，不，是……不不不，因為不會痛，所以我也不是那麼慌……是是，是……」

老婆婆告知必要的訊息，掛了電話。

「真是謝謝你呀。可是真的不必那麼慌啦，太小題大作了。」

老婆婆苦笑地對我說。

因為無法反駁，我也只能沉默以對。

話說回來。

〔為什麼妳能這麼自然地回應我？〕

先前就像故障機器般一動不動的這台掃地機器人，突然提醒注意瓦斯爐，又打一一九叫救護車處理意外狀況，一般應該要更驚訝、慌張、質疑，這才是正常反應吧？

然而這名老婆婆的反應卻與眾不同。

〔簡直就像在稱讚聰明的狗或小孫子一樣。〕

我本來還擔心她會訝異我到底是什麼妖魔鬼怪，退避三舍，所以有種一拳揮空的感覺。

「真的不用慌的。等救護車來了，老爸可能會生氣呢。」

老婆婆一樣笑吟吟地，不停地說著一樣的話。

不到十分鐘，嗚笛聲便靠近了。

玄關門鈴響起，門幾乎同時打了開來。看來幸好沒上鎖。

「啊，是這邊呢。」

三名急救人員進入起居間。

「哎呀哎呀，真不好意思。」

老婆婆笑咪咪地應對說。

至於我，我已預先回到原本的桌旁，乖乖裝死。

三名隊員靠近老婆婆，剩下的一名似乎在察看室內狀況。

「咦？怎麼回事？」

老爺爺從敞開的門探頭進來。吵成這樣，他似乎也察覺狀況不對了。又或是剛好到了換歌的空檔，比較容易聽到外面的聲音。

「怎麼了？妳怎麼了？」

丈夫跑近妻子，看到急救人員和餐具櫃的狀態，似乎大致理解了。

「櫃子倒下來了嗎？不得了，得快點搬開……」

丈夫急忙伸手，就像要推開蹲在老婆婆旁邊詢問的隊員。

「啊，先生是嗎？請先冷靜一下。」

獨自待在稍遠處的隊員制止老爺爺說。

「不，這怎麼行？得快點把櫃子搬開。」

「不，這種情況，如果隨便移動，反而危險。必須先仔細確認狀況。」

「我沒那麼痛，不用急啦。」

老婆婆神情平靜，也對丈夫說。

她以這樣的狀態，回答被壓住多久等問題。

「什麼？看起來沒怎樣嘛。叫什麼救護車，太誇張了吧。」

老爺爺像要平定情緒似地吁了一口氣，但似乎很快又煩躁起來，板起面孔。

「不，可是就算說不痛，實際上怎麼樣也不知道吧？別拖拖拉拉的……」

老爺爺難以接受的樣子，看向旁邊的急救人員說。

「老先生知道『擠壓症候群』嗎？」

「擠壓……什麼？」

「被這類重物壓住，下肢等部位長時間受到壓迫的情況，簡單地說，毒素會累積在那裡，有時候移除壓力源，那些累積的毒素就會一下子跑到全身，危及性命。」

「什麼……？」

「我們剛才問過了，老太太被壓住似乎還沒有經過太久，所以我們準備在密切監控下，立刻搬開重物。」

「什、什……」

老爺爺臉色發青，嘴脣顫抖。

「那是怎樣？萬一沒有叫救護車，再過久一點才被我發現，然後我急忙搬開櫃子，內人可能會沒命……？」

「這樣說或許不好聽，但的確有這種可能性。」

「怎麼會……」

老爺爺連腳都顫抖起來，當場蹲坐下去。

「不過這次幸好沒有演變成嚴重的狀況。真的很幸運。」

老婆婆很快便從櫃子底下被救出來了，但她說只要活動，腳還是會痛，因此被抬上擔架搬出去了。丈夫也陪同前往醫院。

所有的人都離開，我一個人被留在理所當然燈也熄掉、門也鎖上的屋子裡。

四下一片漆黑，無法動來動去，也連不上網路。換句話說，我什麼事都不能做。如此一來，能夠做的就只剩下思考。還是老樣子，遇上這種狀況，腦中浮現的淨是擔心朱麗的安危，以及趕不上搭救她的急躁。

雖然完全沒有人，我卻想不到離開這個家的方法。即使接下來老夫妻回家，這個狀況也不會改變吧。

算準夫妻回家，打開玄關門的時機，擦身而過地溜出去——這也不可能吧。首先，我現在甚至想不到要如何打開前往玄關的門。

這樣下去，我會在明天早上被當成失物送去派去所，全劇終。

剛才的意外，會讓狀況有任何改變嗎？

就算老婆婆把掃地機器人剛才的行動告訴別人，也不會有人相信。即使相信，頂多也就是懷疑機器動作異常，建議送修或檢查。

不管怎麼樣，可想而知，往後的行動將會受到更大的限制、更為拘束。

〔那樣就糟了。〕

不管怎麼想，明天都會是朱麗最危險的時候。是死線。

如果我是賀治野，絕對會設法在今天查出鈴木勢太住院的地點，然後從明天早上就守在那裡，等朱麗來探望。

趁她早上進醫院前動手嗎？還是在歸途上埋伏？或是查出她回去哪裡，接下來再看準時機闖進去？總之應該不會想花太多天，盡量在明天解決。

為了阻止賀治野，我必須在明天早上抵達美佐繪的公寓前面才行。

如果辦不到，我到底是為了什麼而活到現在？為了什麼意識寄宿在這種機器裡？我不知道這是上天的旨意還是什麼，但豈不是毫無意義了嗎？

但如果就這樣困在這裡，就無法達成目的了。就沒有什麼脫困的方法嗎？

快想，快想，我苦思惡想，想到ＣＰＵ幾乎快要過熱燒斷了。

充電插頭的支柱損壞了，我知道必須避免浪費電力，但唯有思考，我怎麼樣都無法停止。

〔有沒有可以破窗的工具？〕

〔如果在屋子裡點火，附近的人會不會報警，讓我趁滅火的時候逃脫？〕

我甚至被逼到評估起這種泯滅人性的方法。

可是再怎麼樣，我都不可能狠下心做出那種犯罪。

放火這種方法唯一的救贖是，老夫妻現在不在家，不會受到牽連。但就算真的做出那種違法行為，還是不可能來得及救出朱麗。

如果能夠當下離開這裡，馬不停蹄地移動，或許勉強趕得上。但我不知道途中可以在哪裡充電，又沒辦法自力操作插頭，因此是不可能的任務。無法半路充電，就不可能實現長達十小時的移動。

「走投無路——沒轍了。」

只能如此認命了。

怎麼樣都想不到趕上的方法。

加上無法上網，既得不到資訊，也無法自暴自棄、不管有沒有用，亂發email到處求救。

什麼都做不到。

我什麼都做不到。

朱麗的笑容。

朱麗的哭臉。

朱麗鼓起腮幫子的臉。

朱麗得意洋洋的臉。

朱麗的各種表情不斷地浮現腦海。

「對不起，朱麗……」

呼喚湧上心頭。

我沒辦法趕去解救妳的危機。

明明在姊姊的墓前那樣發誓，我卻如此無力。

就算以這種異形的身體活下去，是不是也沒有意義了？

〔既然如此，索性……〕

想到這裡，一個真正徹底自暴自棄的點子浮出腦海。

如果意識脫離這具身體……

如果意識離開這台機器，是不是有可能轉移到其他機器上？

可能性或許甚至不到萬分之一，而是幾乎零，但如果能夠重新依附在更靠近小樽的、功能更好的機器身上——也不能斷定絕對不會有這種事吧？

說起來，意識依附在這種機器本身，就是我人生當中甚至無從預料到的奇蹟了，所以也不能說絕對不可能再發生別的奇蹟吧？

自從意識在這台機器恢復以後，我一直害怕的事，現在反而成了一縷希望。如果這台機器停止動作，我的意識是否就能離開這裡了？

破損到無法動作，或是電量耗盡嗎？

決定性的破損——在現在身處的室內，實在不可能實現。就算自己撞牆，也造成不了多大的撞擊。也無法爬到夠高的地方跳崖自殺。就連在流理台或浴缸放水溺死，這台機器也做不到。

電量——檢查一看，還剩下四分之一。先前我都一直安靜不動，避免消耗電量。靜止不動的話，應該可以撐上幾小時，但移動狀態的話，會不會不到一小時就沒電了？若是使用吸塵功能，消耗的電量更大嗎？

〔要試看看嗎？〕

在房間裡四處移動吸塵，用光剩餘電量的自殺行為。雖然即使這麼做，也完全無望改善狀況。

如果靜止不動，願望實現的可能性是零，那麼我是否該孤注一擲？

我懷著這樣的心思——

沙沙沙離開待機地點，準備開始活動。然而——

遠處傳來「喀嚓」開門聲。是屋主夫妻回家了。

我連忙回到原處，停止全部的機器動作。

「小心一點啊。」

丈夫說著打開門來。他把手伸進妻子的腋下扶著背，讓她抓住肩膀。被撐住的老婆婆左腳打了石膏，用右腳跳躍前進。

「不好意思啊。」

老婆婆害羞地笑著，在丈夫攙扶下坐到沙發上。

「妳可別亂動。醫生也說，亂動可能會讓骨頭裂得更嚴重。」

「就是啊。像這樣一點都不痛，沒想到骨頭居然裂開了，嚇死我了。」

「妳是上了年紀，神經變遲鈍了吧。」

「要說上了年紀，你也一樣好嗎？」

聽到丈夫調侃，老婆婆鼓起腮幫子表達不滿。

「總之不要逞強。」

即使看到老伴的怒容，老爺爺也沒有笑出來，開始收拾廚房依然倒下的餐具櫃。抬起櫃子後，將破碎的餐具類丟進塑膠袋裡。從房間角落取來吸塵器，吸起碎片，結束。途中他朝我投以欲言又止的眼神，應該只是從吸塵器聯想到而已——希望如此。

我懷著逃避現實的願望，拚命屏住呼吸。

老爺爺清掃完畢回來了。

他整個人坐進地板上的我旁邊的沙發裡。接著——

「好了……」

我的願望落空，那雙眼睛銳利地俯視過來。

「你聽得到我的聲音嗎？」

〔這是在跟誰說話呢？〕

我裝傻，眼珠朝斜上方轉開——就算想做出這種動作，也不可能辦到。

〔我只是個不值一提的機器而已喔～〕

雖然無法說出口，但我仍在腦中想著藉口，希望對方可以感應到。

「裝蒜也沒用。我聽內人說了。你提醒她放在瓦斯爐上的水壺沸滾了。」

〔一定是因為我身上附有這類聰明的警報功能吧。〕

雖然不可能聽得到我的聲音。但老爺爺自問自答：

「我是沒聽說過，但現在電腦這麼進步，或許有辦法做到這種事吧。」

接著他就像吃到什麼酸東西似地皺起面孔來：

「可是，看到人動彈不得，幫忙用電話打一一九？我可沒聽說過電腦還是ＡＩ做得到這種事。」

〔一定是搭載了最先進的ＡＩ吧。〕

「而且碰不到電話，就把電話從台子上拉下來按按鈕？現在的機器，不可能做出這種可能會弄壞用戶物品的事。而且被壓住的人都說什麼都不用做了。」

〔……〕

唔，也是吧。卡通裡出現的完全擬人化的機器人也就罷了，對稍微現實一點的ＡＩ來說，這個選擇對它們顯然太困難了，或是無法判斷。我當時的行動，是在「人類並不希望」、「無法保證順利成功」、「可能會弄壞物品」的條件都齊全的狀況下執行的。

如果是完全不考慮這些，就做出形同破壞行為的機器，根本不可能上市，即使是一開始的品管疏漏，也老早就被召回了。

「不管怎麼想，都是帶著意圖在行動。你是什麼人？外星人嗎？還是未來機器人？」

〔……〕

問這種無從回答的問題，我也不知道如何是好。

話說回來，我完全沒想到會從這種老人家口中聽到只會在漫畫或動畫裡出現的設定。不過老爺爺那個年代的人，小時候應該就有科幻小說或「長篇冒險漫畫」之類的作品，而且記得國民貓型機器人卡通的原作者應該比這位老爺爺還要年長。

「看來你是內人的救命恩人。如果你具備意志，是刻意這麼做的，我想要盡量報答你。不管你是外星人還是未來機器人都好，可以回答我嗎？」

〔不勞感謝。可以不要管我嗎？〕

原本我就無法回話，也不能用動作等等來表達意志。我只希望就這樣毫無反應地待著，老爺爺就會放棄。

老爺爺瞪了我半晌，最後深深地嘆了一口氣：

「該怎麼辦呢？如果你是具備意志在行動，我想要回報你的恩情。如果你基於自由意志，想要自由行動，我想要成全你的願望。如果沒有反應的話，我打算明天把你當成失物送去派出所，但如果你不想被拘束，我們可以商量。不過即使你有意志，如果會違反人類的利益，或不惜做出破壞活動，就算你是內人的恩人，我也不能放你自由。」

〔……〕

「到底是該感謝你，還是該擔憂你會造成危險，這樣下去，也無從判斷。如果考慮到危險，比起在完全不瞭解的情況下送去派出所，似乎更應該送去專門機構或廠商檢查，但我也難以決定。」

〔……這樣我很困擾。〕

「可是，如果當時你撒手不管，後果可能不堪涉想，而你不顧一切幫忙打了一一九，實在不可能會危害人類。如果你能表明你擁有意志，我會心懷最大的感謝，絕不虧待你。如果你有什麼要求，請你說說看，好嗎？」

〔……〕

「擁有如此高度意志的物體，不可能毫無意義地掉在路邊。腳踏車是嗎？內人說你在被腳踏車撞飛之前，都在自行移動對吧？如果你是要去哪裡，我想幫你，怎麼樣？」

〔……〕

我當然無法說明詳情，而且即使說了，感覺對方也不會相信。

如果隨便表示自己就像老爺爺懷疑的具有意志，八成會被送去檢查，或是剝奪自由吧。想到這裡，繼續裝作不會動的機器，才是最好的選擇。

可是。

就像剛才反覆思考的，這樣下去，趕得上解救朱麗的危機的可能性是零。如果救不了朱麗，不管是被剝奪自由還是被大卸八塊，對我都已經沒差了。

既然如此，即使只有一丁點，如果能將可能性從零增加一點點，是不是應該把希望寄託在上面？

「怎麼樣？」

老爺爺再問了一次。

我啟動內部系統。瞬間，發出了除非在如此安靜的環境裡，否則絕對聽不到的模糊「嗡嗡」一聲。

老夫妻微微張大了眼睛。我對著他們，發出笨拙的聲音：

「去……」

「什麼？」

「去……小樽……」

老爺爺不解地皺眉。

「小樽？你說小樽市嗎？」

就算反問我，除了這幾個音以外，不管是「是」、「嗯」還是「YES」，我都無法發音。從已有的聲音剪接預備好的，就只有現在發出的這幾個音，以及這種地方不能使用的關鍵的一句話而已。

接下來真的是終極手段了。

我輕輕抬起怪手，做出點頭的動作。

「這樣啊，YES是吧。小樽嗎？你想去小樽？」

我再點了一次頭。

「這樣啊，我懂了，你想去小樽。還有，也就是說，我不知道剛才的聲音是怎麼弄的，但你發不出別的聲音是嗎？」

點頭。

「好，我懂了。我帶你去小樽。但我是老人家了，必須盡量安全駕駛。我想避免夜間開車，等到天亮，明天早上再送你過去行嗎？」

點頭。

「好，那接下來我就好好睡一覺，明天五點起床。」

從這裡到小樽，開車的話，一個小時以內就到了。完全來得及——倒不如說，是夢寐以求的發展。

「是啊，既然決定，就快點去睡吧。已經十二點多了嘛。」

老婆婆也忙碌地準備起身。

這代表我的賭注成功了嗎？

我靜靜地回想，忽然想起一件事。

我打開破損的電源插頭蓋，做出只能抬高一點的動作。

「嗯？」幸好老爺爺注意到了。「喔，你需要充電嗎？」

老爺爺立刻走過來，拉出插頭，插進附近的插座。

「這樣就行了嗎？」

我點頭回應。沒辦法傳達更多的感謝，讓人心急。

「那我去睡了。啊，早上準備個飯糰好了。」

「啊，冰箱裡有冷凍的。」老婆婆立刻回應。「現在拿出來退冰，明天早上微波一下就可以帶去了。」

「好。」

老爺爺在廚房忙了一陣，又攙扶著妻子離開了。

接下來四個多小時，我得到了完全足夠充滿電的時間。

16

清晨近五點的時候，就像昨晚說的，傳來老夫妻起床的動靜。
「噢，早。」
老爺爺扶著妻子讓她在沙發坐下，探頭看我。
「已經充好電了吧？」
確認之後，他替我拔掉插頭。
附帶一提，這台機器可以播放「早安」的聲音，但絕對會引來懷疑：為什麼只有這句話可以流暢地播放，卻無法發出其他的聲音？而我無法解釋理由，所以還是不要多此一舉好了。
「馬上就出發了，等我一下。」
老爺爺輔助妻子，迅速做完盥洗等早晨例行公事。
睡前說的解凍的冷凍飯糰放進袋子裡，好像是準備在路上吃。
「我確認一下，目的地到小樽站附近就行了嗎？」
老爺爺拿著地圖過來問我，是打算到時候直接邊看邊問吧。我對此也點頭回應。

反正美佐繪的公寓在車站的徒步範圍內，而且我不想因為這綁手綁腳的溝通能力，浪費更多時間在這裡。

「好，那麼出發吧。」

老爺爺似乎打算先讓老婆婆上車，扶著她走出玄關。

雖然擔心骨頭裂開的傷患這樣移動沒問題嗎？但看老婆婆的態度，似乎堅持當然要同行。兩人應是評估，只是乖乖坐在車座上，應該不會有什麼大問題。

老爺爺立刻回來抱起我。

「放心吧，我會把你平安送達。」

我被安置在玄關口的白色四門小廂型車的副駕駛座上。正後方的座椅上，穿著水藍色夏季衫的老婆婆已經繫好安全帶，笑吟吟地坐在那裡。

副駕駛座的座位被調到最前面，應該是為了讓老婆婆的腳可以舒適伸展。我的機體當然無法用安全帶固定，所以這或許也是為了萬一我被慣性甩落，可以減少危險。

「好，出發囉。」

老爺爺將排檔桿往前推，安靜地發車。我覺得那動作很稀罕，望過去一看，原來是手排車。

「好久沒出遠門了。」

老婆婆環顧沒什麼雲霧的清晨天空，聲音開朗地說。

「是啊。不過這是我最後一次開車了。」

「咦，你下定決心了嗎？」

「嗯，我決定了。」

車子在住宅區裡左彎右拐了幾次，來到下坡路。似乎就是前往國道五號線的路沒錯。

「之前我開車的時候突然貧血，停在路邊休息，從此以後，兒子跟身邊的人就囉唆得要命，說老人家不該勉強開車，差不多該考慮就此打住，歸還駕照了。」

對於妻子，似乎也用不著再解釋這些，所以應該是在對我說話。

車子很快便開出寬闊的道路，往左彎去。

「或許你會嫌吵，不過擔待一下吧。平常開車的時候，我就習慣自言自語，可以預防打瞌睡那些的。你應該不想說話，而內人喜歡看風景，把我的話當耳邊風，所以真的是自言自語吧。」

有趣的是，這對夫妻在兜風時，說話與聆聽的角色似乎與平日完全顛倒。

「哎，說到歸還駕照，之前我也一直抵死不從。我開的是手排車，所以不用擔心社會議論的高齡駕駛車禍那種把油門當煞車的意外，而且平日開車我都會特別注意身體狀況，從年輕時候就乖乖遵守限速，慢到連旁邊的人看了都覺得傻眼。」

原來如此。近在一旁的時速表，現在也指著剛好時速四十公里的位置。

車子開在二線車道靠人行道的一側，後方車輛接二連三從右側超車而過。如果是車多時段，後方車輛一定會很火大，但現在車流很順暢。這也是選擇清晨開車的理由之一吧。

對於習慣開車的人來說，這速度慢到讓人不耐煩，但仍然是我這台機器移動速度的二十倍以上。預估一小時以內就能抵達目的地，我毫無不滿。反而是老爺爺徹底注意安全，稍微減少了我的內疚。

萬一老爺爺為了趕路而超速，遭遇危險，我可會死不瞑目。

「之前的小樽車禍，好像也是高齡駕駛誤踩油門呢。」

後方傳來悠哉的聲音說。

「好像呢。聽說撞到人的時候，時速超過一百公里。」

「聽說直到有民眾跑來救人，駕駛都一直踩著油門不放呢。」

「就是啊。誤踩油門這種事，年輕人好像也會發生，但出事之後，聽說老人家比較難及時應變，我得銘記在心。」

〔他們一定料想不到，那場車禍的被害者就在這裡吧。〕

我當然無法說明，也不想說明，因此默默聆聽。

「但以前我還是對自己跟旁人說，我得載內人去醫院、去買東西，所以必須開車。不過噯，其實我心裡明白。就算是手排車，也不可能絕對不會操作失誤。就算遵守交通規則，也不保證不會遇到緊急狀況。那種時候，就像我剛才說的，上了年紀，就難以迅速應變，這是無法否定的事實。」

那語氣與其說是在向我說明，更像是再次說服自己。

「最重要的是，我不能欺騙自己，因為我的人生信條是，即使可以被人害，也絕對不能害人。我想沒有人能否認，開車這回事，是日常生活中最可能變成殺人兇手的行為。回想起來，雖然我在二十幾歲的時候因為工作需要而考了駕照，但是在那之前，我從來沒有想過要開車。因為我從那時候就想：我可不想害死人。不過隨著年紀越來越大，因為方便，就忘了這樣的初衷。」

〔同表慶賀（有點誤用）。我也是決定當警察以後，才急忙去上駕訓班的。〕

「這麼說來，老爸年輕的時候說過這種話呢。」

後車座又傳來悠哉的應聲。

「所以今天是我最後一次開車了。聽人指使讓人不爽，但這是我自己的決定。我要歸還駕照，把車子也賣了。既然兒子們主動提出，需要的時候就麻煩他們吧。

買東西也有送貨到府服務。不管怎麼說，我們住在方便的地方，兒子又孝順，既然如此，沒有不好好利用的道理。」

「老爸這麼頑固，真虧你下得了決心呢。」

「雖然沒有明確的自覺，但從某個意義來看，或許我內心其實早有定見了。可能只是想要一個契機。替恩人實現願望，把它當做最後一次，是個滿完美的收尾，不是嗎？」

「是啊，我同意。」

莫名其妙被當成人生重大決定的理由了。但這可以預防將來的危險，因此只要本人接受，我就甘願當個跳板吧。

「對了，」駕駛朝我這裡瞥了一眼。「真的送你到小樽車站前面就好了嗎？就算在人潮很多的地方開始移動，也會立刻就被人發現撿走吧？」

就算他這麼問，我也不可能說明，因此稍微抬起怪手，向他點頭。

總之也只能到了當地以後，避人耳目，靠近美佐繪住的公寓，從暗處監視，等待朱麗外出。

「這樣啊？好吧，我會祈禱你順利。」

老爺爺似乎接受我無法說明的事實，徹底全面信賴我。

「萬一我真的是外星人，企圖先騙取人類的信任，再來征服地球，那該怎麼辦？」

雖然也想這麼質問，但我當然不會這麼做。倒不如說，我做不到。

在如此對話的期間，或者說聽著老爺爺單方面說話的期間，車子進入了小樽市內。從錢函地區這一帶開始的路途，兩側雖然散布著住宅區，但左側後方一直都是山地，右側遠方則是若隱若現的大海，景致相當悠閒。還要二十到三十分鐘才會進入市區，抵達小樽站吧。

車速穩定維持在時速近五十公里。紅綠燈也不多，順利朝目的地前進。

「把恩人送到目的地後，我們去運河那邊逛一下好了。不過帶著一個拐腳的老太婆，也沒辦法下車就是了。」

這段話似乎是對後車座的妻子說的。

「好啊，好幾年沒看到運河了呢。」

老婆婆也沒有為行走不便而懊惱，聲音十分歡欣。

「這麼一大早的，伴手禮店那些應該也還沒開，所以真的只能經過看一看而已……」

聲音說到一半忽然停住了。老爺爺按住夾克左邊，是手機在震動嗎？

老爺爺在稍前方的左邊找到空間，停下車來。

他掏出手機看了一下，放到耳邊。

「喂，怎麼了？」

也沒有招呼，劈頭就這麼問。

「沒事，只是出門兜風散散心——對，老太婆說想看小樽運河……不用擔心。」

「咦，是道夫打來的嗎？」

從後方的喃喃聲聽來，應該是兒子吧。

「馬上就回家了，不用了……這樣，隨便你。」

老爺爺聽了一陣對方的說法，不悅地掛斷電話。

「是道夫。說要約瀧也過來接我們。」

「哎呀哎呀，他們兩兄弟還是老樣子，感情這麼好。」

不同於丈夫，老婆婆的聲音很開心。

老爺爺哼了一聲，駛出車子。

「這麼一大早，他們兩個也很閒吧。」

「兩個都是自己當老闆，時間比較自由嘛。」

老婆婆回以含笑的聲音，又說：

「我大兒子是理髮師，小兒子是開餐廳的。」

似乎是在為我說明。

「他們有了自己的家庭以後，也住在附近，我們一家人感情都很好。」

老婆婆欣慰萬分地接著說。兄弟感情似乎很好，又孝順，身為父母，可說是別無所求了吧。

「啊……」

但我總有些疑問，老爺爺替我提了出來：

「不過他們兩個怎麼知道我們開車出來了？難道他們在車上偷裝了什麼？」

老婆婆在後車座拍手。

「對對對，可以知道車子位置什麼的GPS？春天的時候他們提過，說是為了小心起見，裝在車子上，只要車子開動，他們的手機立刻就會接到通知。」

「妳知道？」

老爺爺的聲音變高了，口氣十分受不了。

「妳明知道，還贊成今天開車出來？」

「他們是有跟我說，但我完全忘記了。」老婆婆咯咯笑道。「很好啊，知道那兩個孩子的關心確實有用。」

「真是……」

老爺爺哼了一聲，但似乎沒有再繼續追究。也許是出於經驗，知道追究也沒用。

「這樣的話，我們在哪裡他們都知道呢。但現在追上來的話，到小樽站之前應該追不上吧。到那裡再停下來等，他們自己就會找到我們吧。」

隔著椅背看不到表情，但老婆婆似乎更欣慰地點了點頭。

「應該是這樣吧。」

「既然如此，接下來還是照預定行動。」

老爺爺冷靜地操作方向盤。即使狀況有變，也穩如泰山，速度亦維持著先前的穩定。

經過張碓隧道，國道五號線的景觀不斷變化，一下靠近海岸線，一下離開住宅區進入山區。現在的我感覺不到，但也許海潮香變濃了，可以體感到已經從札幌移動到小樽了。

幾分鐘後，從海邊進入住宅林立的地區。應該終於進入小樽市區了。

接下來經過軌道一直忽遠忽近地在旁邊並行的ＪＲ函館本線的南小樽站，終於靠近小樽站了。

離開ＪＲ高架橋的時候，車子放慢速度，駛入左邊的小巷停下來。

「接下來車站前面行人會變多，要怎麼做？在這裡下車嗎？」

老爺爺沒有接著問「還是要繼續前進？」，應該是考慮到我只能傳達「ＹＥＳ」或「ＮＯ」吧。

我在腦中浮現大致上的地圖，向老爺爺點頭。

記得美佐繪姑姑的公寓就在這條小路前方，車站後面。

國道五號線沿線，車站東側商店林立，即使是這樣的清晨，行人應該也不少，但這邊的西側多是住宅，感覺還有辦法避人耳目。

其實小樽警察署就在這附近，這讓人有點發毛，但只要避開那裡，應該有辦法前往目的地。

「這樣啊，那麼雖然很捨不得……」

老爺爺熄火下車，繞到副駕駛座來。

打開副駕駛座車門，把我抱下來。這段期間，老婆婆也從後車座下來了。

「妳不要動比較好。」

丈夫叮嚀，但妻子只是爽朗地笑：

「他可是我的救命恩人，最起碼也得好好道別一下啊。」

老婆婆對著被放到人行道的我蹲下身，輕摸圓盤的頭部：

「真的謝謝你。多虧了你，我才能撿回這條命。」

「我才是，謝謝妳把我從側溝裡救出來，還把我送到這裡來，我真不知道該如何感謝才好。」

無法說出口表達，教人心急。

「路上小心，別受傷了……」

老婆婆說到一半，被「叭叭」喇叭聲給打斷了。

老婆婆迅速回頭，手朝斜下方張開，把我擋在背後。

我看見一輛廂型車停在老爺爺的小廂型車後方，連忙滑進附近的建築物暗處躲起來。

「爸真是的，不是要你出遠門時，事先通知我們一聲嗎？」

從副駕駛座下車的年約四十多歲的男子一現身便說。

「別瞎操心了，我還能開車。」

老爺爺冷冷地反駁說。

「說這種話，之前不是開車開到一半，貧血停車嗎？」

從駕駛座下來的男子也一臉嚴肅地責備說。這一個看起來年長一些，應該是大兒子。

「哥說的對，爸也想想我們有多擔心吧。」

先下車的果然是小兒子，語帶嘆息地勸道。

對於這些，父親只是冷哼以對。

一旁的母親「呵呵」笑了：

「謝謝你們兩個擔心。可是你們又不是不知道，這樣劈頭劈腦地教訓，你們老爸也只會更頑固。」

「可是……」

老婆婆以眼神制止大兒子似地笑，抓住丈夫的肩膀站起來。這只有從後面才看得到，老婆婆一邊直起身，一邊偷捏丈夫的側腹部。

老爺爺清了清喉嚨：

「知道了啦。今天是我最後一次開車，以後再也不開了。」

「真的嗎？」

兄弟的聲音重疊在一起。

「我是為了最後一次開車紀念，帶老太婆來看她想看的運河。然後就把駕照歸還回去，車子也賣掉。我保證，所以以後你們要負責帶老太婆去醫院啊。」

「當然沒問題。」

「我總算放心了。」

兄弟倆笑著對望。

接著很快地，小兒子轉向母親說：

「那，接下來我坐副駕駛座，陪爸媽去看運河。」

似乎是要在一旁看顧父親最後一次開車。

「可以嗎？」

「哥的理髮店九點半要開門，所以他馬上就得回去了，但我中午以前都沒問題。」

「哎呀哎呀，好久沒有跟瀧也一起觀光了呢。」

「小學的時候，我們全家一起來小樽水族館，也順便去了運河呢。」

「對啊。」

一家人笑著，回到車上。

「那，接下來交給你了。」

大兒子開著廂型車離開了。

而小兒子看見父親攙扶著母親前往後車座，驚呼：

「咦？媽受傷了嗎？」

「小傷而已啦。」

母親笑道，小兒子搖搖頭，幫忙扶她上車。

我看見後車門關上之前，老婆婆朝我揮了一下手。

我靜靜地躲在暗處目送，直到所有的人都上車離去。

17

確定車子離開，周圍人來人往的行人中斷，我開始行動。時間就快七點了。接下來住宅區的行人應該會飛快地增加，我想在那之前趕到美佐繪的公寓。

我不記得正確路線，而且現在的我視點很低，也無法依賴記憶中的景色。我認為在方向也不確定的情況下，要尋找地標建築物太沒效率。

從昨天開始，我便不斷地回想，想到了一個似乎可以當成地標的東西。

那就是「河」。

記得美佐繪的公寓後方十幾公尺處，有一條小河流過。是「於古發川」。

知道這條河的讀音嗎？

除了小樽市民以外，應該沒有人猜得出正確的讀音。我也是姑姑告訴我才知道的，結果因此留下了印象，現在才能回想起來。

據說讀音是「Okobachi-gawa」。就如同北海道其他的地名，是來自原住民阿伊努族語，好像是從「急流」之類的意思衍生出來的，不過在市內的這一帶，只是一條小小的、搞不好和排水溝沒什麼兩樣的小細流。

這條河有許多地方都藏在建築物後方，難以發現，但車站西側的話，沿著這條河往東前進，就會碰到運河，因此據說也成了觀光地標。現在的話，只要反過來朝上游前進，應該就會碰到認得的地點。

雖然費了一番辛苦，但我在綠色草叢變得濃密的地方發現了應是我要找的河流。要繼續在河邊的草地前進，感覺相當困難，因此我回到旁邊的小路，朝上游前進。繞過有些遼闊的兒童公園，進入透天厝與集合住宅錯落的一區。

〔是這一帶嗎？〕

雖然只是隱隱約約，但似乎有點印象。我看了幾棟約三層樓高的建築物，發現了符合印象的公寓。灰泥牆面上標示著「深雪公寓」。

〔一樓最右邊……〕

我以遠遠落後急切心情的速度慢靠過去，門旁的塑膠門牌上插著列印出來的紙卡「鈴木」。就是這裡。

門內聽不出特別的動靜。不能在這時候敲門或按門鈴，而且就算我想也辦不到。

周圍的住宅開始傳出展開早晨活動的喧鬧聲，稍遠處也開始冒出行人。這時候只有一個選項：躲在暗處等待時機。

四下張望後，我躲進公寓正面一群像是鋼鐵製儲藏屋的縫隙裡。

最基本的目的總算達成，強烈的安心感湧上心頭。

「實在太漫長了……」

雖然在看到朱麗以前，還完全無法放心，但我還是帶著嘆息，回想自從意識寄宿在這台機器後的這三天。

在莫名其妙狀況下的覺醒。

從什麼都做不到的狀態，摸索著逐一增加做得到的事。

遇上神秘屍體。

踏上尋找朱麗的路途。

被受虐兒童撿回家——遇上母攜子自殺未遂……

以為好不容易逃離那裡，卻被腳踏車撞個正著。

被老夫妻撿回家，碰到老婆婆被倒下的櫃子壓住的意外。

被老夫妻懷疑身分，原本已經萬念俱灰，沒想到兩人卻把我送到這裡，實在是再幸運不過。

不過話說回來。

「未免太多災多難了吧，真是……」

光是回想，應該不會疲倦的身體便彷彿逐漸虛脫。

不過，真的不能在這時候鬆懈下來。如果接下來應對錯誤，先前的種種辛苦都會化為泡影。

我思考接下來的預定。

現在先躲起來按兵不動，等朱麗出門。她很有可能會前往我的肉身住院的醫院，如果能夠，就跟著她一起去。賀治野應該會在她的目的地附近監視，所以我要留意那四周。

不過不能勉強尾隨。這部分和先前一樣，萬一被人發現就當場出局了。會被撿起來送交派出所，再也無法行動。

另一方面，賀治野一定也不敢在路上或醫院裡來硬的。從我的車禍現場來看，我被送醫的地方，應該離車站周邊不遠。朱麗往返的路上和醫院，周圍應該也有很多人。若是別無其他手段姑且不論，但只要知道朱麗住在哪裡，自然會有更好的方法，賀治野應該會選擇這麼做。

我認為最應該提高警覺的，是朱麗回家後的公寓這裡。如果判斷難以尾隨，就不應該勉強，回到這裡才對。

回到這裡，然後要怎麼保護朱麗？

當賀治野假裝訪客，趁著朱麗一個人在家的時候過來，騙她打開玄關門的時候，現在的我能做什麼來阻止他？

在物理力量上，我不可能壓制成年男性，也沒有任何可以當成武器的東西。遇到那種狀況，我能夠做的，頂多只有發出最大音量的警報聲，通知附近鄰居嗎？

但從昨天白天的經驗來看，警報聲至多能讓隔壁聽見而已。萬一隔壁沒有人在，或處在不容易聽到聲音的狀態，一切都完了。這實在難說是萬無一失的對抗手段。

直接說結論，不能讓朱麗開門。美佐繪應該也叮囑過朱麗，但這樣還不夠，必須讓她竭盡所能地提高警覺才行。

有辦法事先呼籲朱麗或美佐繪小心嗎？

從現狀來看，我沒有任何通訊手段，因此完全不可能。無法發出聲音，也無法寫字。即使要傳送 email，也不知道信箱，現在也無法連上網。而且沒那麼剛好，雙方都懂摩斯密碼，可以透過鬧鈴傳送訊息。也想不到任何只有朱麗才懂的暗號。

如果能夠傳送 email，也可以向警方等一切想得到的單位傳送警告信。還是先尋找可以使用免費 Wi-Fi 的超商等，執行這個方案？

但現在我必須緊盯著公寓。這個方案暫時保留。

就在我左右盤算的時候，周圍越來越多人活動的聲音了。

時間已經超過七點很久了，開始出現上班上學的人影。

七月二十三日。好像中小學都還沒有放暑假。距離結業式還有兩、三天嗎？各處傳來熱鬧的聲響，活力十足的歡鬧聲，彷彿充滿了對暑假的期待。偷偷窺看，遠處的人行道上，像是小學低年級的小朋友們朝氣蓬勃地跑了過去。

兩相對照，參雜其中的大人們則是一早就無精打采。雖然我感覺不到，但氣溫似乎已經相當高了。

我完全感覺不到熱度，但待在直射陽光下，機體變熱，不曉得會對內部機械造成什麼樣的影響，因此我調整位置，讓全身都待在陰暗處。

早晨短暫的熱鬧過去，放眼望去，路面都沒有人影了。不知何處傳來的電視或廣播聲重疊在一起，應該有許多人家都打開窗戶，預防暑熱吧。

又待機了一段時間，快要九點的時候。

一直監視的玄關門打開來了。

一名頭戴麥桿風格帽、身穿薄料褲裝的女子走出門外，那毫無疑問就是美佐繪姑姑。短袖上衣的手肘以下套著白色長手套，是為了防曬吧。

終於等到的動靜，讓我滿懷期待，睜大眼睛看著打開的玄關裡面。

然而門卻無情地關上了。

預測落空，朱麗不在這裡嗎？還是出門了？如果是前者，美佐繪接下來應該會鎖門。

我這麼想，眼睛盯得更緊，結果門突然從裡面打開來：

「姑婆！等一下等一下，不要丟下我！」

一身短袖短褲的女孩衝了出來。橘色 T 恤在明亮的大晴天底下顯得耀眼。

那千真萬確，是四天不見的朱麗。

〔噢噢！〕

我忍不住在內心發出吶喊，明明不可能傳出聲音，卻忍不住急忙想要壓低音量。

〔看起來……精神還不錯吧。〕

雖然看不出臉色，但和美佐繪交談的模樣看起來不失平日的活潑。

「不會把妳丟下啦，妳慢慢來。」

「不要太急喔，感覺湯會漏出來。」

朱麗舉起右手提的布製托特包說。

「我知道啦。」

兩人彼此點點頭，並排走了出去。

我確實觀察周圍後，拉出距離跟上去。

美佐繪邊走邊打開陽傘，朱麗則是重新拉低了棒球帽的帽簷。是她平日上學的打扮。

「今天我絕對會讓勢太醒來。這是我截至目前最有自信的成品，絕對可以成功。」

「是啊，朱麗煮的菜這麼香，勢太聞到也沒辦法再一直睡下去了。」

去到視野較開闊的道路後，就必須拉開更遠的距離，聽不見兩人的對話了。不過就聽到的來看，她們要去的地方，似乎就是我被送去的醫院。

我沒辦法確定方向和地圖，但就我猜想，她們是往北去，幾乎與車站西側的軌道平行。照這樣來看，似乎不會去到人潮眾多的馬路，值得慶幸。

兩個女生一邊聊天，一邊走過住宅區中算是筆直貫穿的單線車道旁的人行道。左邊有許多像倉庫的建築物，右邊的透天厝這一面似乎都是屋後，幾乎沒什麼陽台等窗戶或玄關口，因此在這個時段，這條路好像都沒有行人或是從屋內朝外看的視線。

沒有人，就更必須留意遭到襲擊的危險，但反過來說，似乎也不用太擔心被人發現這樣一台古怪的小機器在路上移動。但我仍充分小心留意，緊貼著路邊草叢，拉開幾十公尺的距離，追趕著兩人的背影。

不久後，兩人走到較寬的馬路。朱麗小跑步靠近電線桿，按下過馬路的號誌按鈕。

我也停止前進，陷入思考。

即使變成綠燈，要在綠燈期間追上去也太危險了。再過去的馬路行人多了起來，他們還有行車都能把我看得一清二楚。

但是在這樣的大白天，即使等待，感覺也難以等到人車中斷的空檔，我也不可能自己去按過馬路的按鈕。換句話說，如果兩人過了馬路，消失在街道中，我只能放棄繼續尾隨。

不過唯一可以期待的是，過完馬路後的對面路邊，稍左處有一家綜合醫院。如果兩人的目的地是那裡，我就可以留在這裡觀察。

只能把賭注放在這個可能性了。如果猜錯了，就死了這條心，回去公寓前面吧。

我如此尋思，環顧周圍。這邊的斑馬線旁邊有一座小型兒童公園。是長寬不到十公尺的三角形土地，裡面只有兩座鞦韆和三座長椅而已。

確定沒有人影後，我滑進那座公園裡。鑽進最靠近馬路的長椅一看，幸好那裡可以看見對面的醫院。

剛好過完馬路的兩人，朝醫院彎了過去。

看來我賭中了。見兩人進入那棟三層樓建築物的側門，我安心地嘆了一口氣。

接下來就只等兩人再次出來了。

我再次悄悄觀察周圍。

如果賀治野查到這家醫院，監視著這裡，應該就躲在這座公園或附近。但沒看到可疑人影。難道他利用望遠鏡等工具，從更遠的地方監視？

不太可能搶先一步進入醫院，在裡面動手擄人。

此外，就我的立場，也得仔細評估是否可以繼續留在原地。

現在還是上午，公園裡沒有人，但接下來的時間呢？可能會有好奇心旺盛的小孩跑來公園玩，探頭看長椅底下而發現我。

就算沒被小孩發現，周圍有人的話，就無法脫離此地了。如果朱麗和姑姑離開醫院時，我被困在這裡，將無法監視感覺比現在更危險的歸途。

那樣就糟了。但這個地點確實是看守醫院出口的特等座。

我四下環顧一周，決定暫時靜觀其變。

陽光很強，感覺接下來氣溫會更高。這座小公園裡，除了長椅底下別無遮蔭。如果是帶小孩的母親，這天應該會選擇比這裡更遠一點、長椅上有屋頂的大公園吧。

更進一步說，我想要避免不必要的移動。因為即使就這樣保持不動，努力省電，電量能否撐到傍晚，也很難說。

我打算等到小學快放學的時間，再考慮是否移動。

暫時打定主意後，我繼續監視醫院出入口，也不忘留意周邊道路和建築物的狀況。

賀治野到底在不在這裡？

依我的猜想，他很有可能從今早就監視著這家醫院。或許他更晚才查到鈴木勢太住院的地方，明天才要展開行動。即使是今天，也有可能是更晚的時間。

還是現在這一刻，他正巧妙地躲藏起來，其實就在這附近？

對現在的賀治野來說，認得他、應該防範的對象，應該就只有朱麗而已，但當然他也有可能小心再小心，避免被任何人發現。

總之，以他現在就在附近為前提來擬定對策比較好吧。

擋在我和醫院之間的馬路車流不斷。相較之下，也許是因為暑熱，行人相當少。

不管對面發生任何事，我都會被車流阻隔，無法立刻趕過去，但這也代表隨時都有人盯著，希望賀治野會因此而不敢亂來。

賀治野的目的，應該是再次掌控朱麗。具體來說，就是綁架朱麗，威脅她，把她帶回函館。

剛收留姊姊和朱麗的時候，朱麗被醫院診斷為「有輕微ＰＴＳＤ（創傷症候群）傾向」。她有可能一看到賀治野，就嚇到全身僵硬，無法反抗。這代表她有可能在看起來並不怎麼抗拒的情況下，被賀治野強硬地帶走。

即使如此，只要賀治野的目的是綁架朱麗，至少他在現身的時候，應該會盡量避人耳目。不管怎麼想，最應該提高警覺的，都是回程和回家後的公寓。

我想要在那之前掌握對方的所在。

時間在如坐針氈的情況下分秒流逝。再三確認的機器內部時間，已經過了中午。

陽光的方向也和剛開始監視時不同了，我多次稍微調整安頓的位置。疑似從遠方小學傳來的鐘聲，讓我漸漸焦急起來。

〔差不多該離開了嗎？〕

如同我的猜想，毫無遮蔭的公園裡烈日如焚，中午以前，都沒有人進入這座公園，但放學的小學生，他們的常識裡或許沒有防曬這回事。應該在陷入無法離開這裡的窘境前，考慮移動吧。

正當我這麼想，出現了動靜。

醫院門打開，橘色的身影走了出來。毫無疑問是朱麗。後方出現打扮和早上相同的美佐繪。

似乎結束探望，要回家了。既然會在這個時刻離開，我八成沒有恢復意識吧。

我延後深思這一點，張望四周，確認歸途安全。

和早上一樣，前往公寓的路上沒有人影。兩人站在按鈕式號誌旁，顯然要循著相同的路線回家。

我看見號誌轉綠，再次確認周圍。

這時，視野一隅捕捉到古怪的活動。

是不遠處的上方。隔著一條巷弄，兩棟二樓民宅再過去的地方。像是商業大樓的三樓建築物的戶外緊急逃生梯，應該是三樓逃生門前方的空間，一名男子忽然直起了身子。

男子穿著像灰色工作服的服裝，一隻手上拿的似乎是望遠鏡。距離有點遠，因此無法看清楚五官，但我內心篤定：

〔是賀治野。〕

男子的身影立刻走下階梯，被前面的屋頂遮住看不見了。

我急忙爬上人行道，窺看那棟大樓的方向。但人影沒有從大樓正面出來。應該是繞到後面了。

美佐繪和朱麗過完馬路，沿著來時的路走回去。我暫時按兵不動，目送兩人的背影。

她們應該要回去的公寓，我已經知道在哪裡了，就算距離拉得很遠也無所謂。更重要的是，我想確定賀治野跟蹤的狀況。

但等了一陣子，那條路都沒有出現男子的身影。他應該是為了避免被發現，穿過旁邊的住宅之間跟蹤吧。而且他有望遠鏡，可以從相當遠的距離尾隨。

我小心翼翼地開始在那條路上移動。再次極力貼近路邊，同時避免被人發現。

變得相當小的兩人背影，看起來對話比早上更少。是反映了在醫院沒有好消息的失望嗎？

那邊是有些垂頭喪氣的兩個女生腳步，這邊是戒備著周圍的機器移動。不管再怎麼反覆東張西望，都沒發現跟蹤的人影。

但要我打賭也行，賀治野應該追上來了。

我想要通知兩人這件事，催促她們提高警覺，卻無計可施，教人心急如焚。

幾乎筆直的這條路上，一樣幾乎不見人影。望過去的範圍內，美佐繪的公寓前方再過去幾百公尺，直到河邊一帶，都一樣冷清無人。

若是從不怕被人發現有可疑機器自行移動的角度來看，這令人慶幸。但如果賀治野來硬的，想要趁著美佐繪稍不注意的時候抱起朱麗逃走，搞不好不會有任何人看見，被他得逞。這樣的擔憂掠過腦海。

不過雖然沒有行人，但旁邊都是住宅，我覺得他不可能做出這種有勇無謀的舉動，但還是不能放鬆警戒。

幸好似乎是我杞人憂天了，兩人很快便轉彎進入公寓了。

18

回家的路途似乎可以平安結束。另一方面，這下無庸置疑，賀治野會知道朱麗住在哪裡。

接下來必須防衛賀治野假冒訪客，攻擊兩人的住處。

我的目光盯著兩人走近玄關門前的背影，就這樣在路上繼續前進一段路，再次從後方躲進儲藏屋的縫隙間。

〔好了，接下來要怎麼做？〕

就這樣從外面監視，有辦法阻止賀治野的攻擊嗎？我剛才也想過了，我沒有任何可以構成武力的功能。不讓她們打開玄關門，似乎是最理想的對策。

我盯著兩人進入屋內關上的門，漫無章法地繼續思考。

結果沒有多久，門馬上又打開來。

「那我會盡快回來，朱麗，妳千萬不可以出去喔。」

美佐繪姑姑以剛才那身打扮走了出來。是要去工作嗎？

「好！」朱麗也整個人走出玄關相送。

「留給妳的手機要是收到聯絡，就轉給我喔。還有，如果有訂單，也麻煩妳了。」

「好的，瞭解！」

「拜拜。」

姑姑揮揮手，撐著陽傘走出馬路。

朱麗目送了一會兒，就要關上門。

我毅然決然展開行動。

沙沙沙沙，我滑出公寓前面的碎石地面。

「咦？」

朱麗對著我瞪圓了眼睛。

「這什麼？」

我裝出艱難的步伐，搖搖晃晃地前進，就這樣輕微撞上門旁的外牆，停了下來。

「什麼什麼……？」

不出所料，朱麗滿臉好奇地探頭看過來。

「你是什麼東西？呃，這是掃地機器人吧？」

我停止全部的動作，堅持不做出反應。

「怎麼辦呢？是誰家的東西嗎？」

朱麗東張西望，接著伸手把我抱起來。

然後走了幾步路，按下隔壁戶門鈴。

「來了，咦？妳是朱麗嗎？怎麼啦？」

應門的中年胖婦人露出親切的笑容。好像美佐繪事先介紹過了。

「這剛剛出現在我們家門口，會不會是阿姨家的東西？」

朱麗抬起機器說，婦人納悶地歪頭：

「不是耶，會不會是別人家的？不太可能是外面來的吧？」

「那我問問看其他戶，還是送去派出所呢？現在家裡只有我一個人，姑婆交代我不可以出去。」

「那妳先拿回家，等妳姑婆回來，再跟她討論看看吧？」

「好，我會這麼做。」

朱麗重新把我抱好，行禮說：

「如果有人在找這台機器，請告訴他我帶回家保管了。」

「好喔。」

朱麗揮揮手回家，隔壁胖婦人一直看著，直到確定她進入玄關。似乎是為獨自在家的小學生留意安全。真是個好人。

〔好了，計畫成功。〕

我成功進入只有朱麗一個人的屋內了。

比起只是在外面監視，我選擇從屋內設法不讓她開門的戰略。

美佐繪姑姑家是一房一廳一廚的格局，進門後就是色調明亮的木地板餐廚區，收拾得很整潔。

朱麗把我放到地上，將托特包放到餐桌後，雙臂往兩旁打開，做出深呼吸的動作。

接著她俯視我，說：

「今日得以相會，亦是前世因緣，不必拘束，好好休息吧。」

她對我說出熟悉的不曉得到底從哪學來的奇妙台詞。我每次都條件反射式地歪頭納悶，這時卻因為懷念，感覺眼眶都要溼了。

〔啊……確實就是朱麗沒錯。〕

「我不知道你是迷路了還是離家出走，但明天朱麗會帶你回家，現在先乖乖的喔。」

朱麗稍微整理了一下似乎擺著什麼東西的桌面，將包包裡取出來的東西放上去。

「姑婆去工作了，朱麗得暫時一個人看家才行。」

朱麗歌唱似地說，進入裡面的房間。從傳來的聲音來看，似乎是在開窗換氣。

「醫院可能會打電話來，所以姑婆的手機放在我這裡。姑婆有預付卡的手機，有事再打那支手機過去。」

朱麗折回來，稍微拿起現在放在桌上的手機說。

坐立不安的自言自語——更正確地說，似乎就和昨天那位老婆婆一樣，把我當成了談心對象的寵物。

話說回來，不管是說話方式也好，從剛才開始就走來走去動個不停的動作也好，和這孩子平常的表現果然不太一樣。

她也沒有靜下來坐到椅子上，又開始忙碌地在裡面的房間和客廳之間走來走去，到處收拾整理。

不經意地一看，廚房餐具櫃前面的地上掉著一張紙。A5大小的粉紅色紙張好像是某些傳單。剛進來時沒看到，或許是朱麗的動作讓它從桌上飄下去了。

移動幾十公分就看到內容了。

「小物飾品店『克魯波克魯』」。

上面的標題首先映入眼簾。

好像是美佐繪和朋友開的小店的宣傳單。

上面有幾張商品照片，最底下寫著訂購 email 信箱。

我想了一下，把信箱記下來。

從剛才得到的資訊來判斷，那應該是現在餐桌上的手機 email 信箱。如果在緊急狀況下，要用文字告訴朱麗什麼事，或許可以利用。

不過首先我得連上 Wi-Fi 才行。想到這裡，我不經意地檢查通知，有了偵測到訊號的反應。這個家裡似乎也有 Wi-Fi 路由器。

〔讚！〕

內心忍不住冒出輕薄的獨白。

張望一看，客廳電視旁邊的地上有像是路由器的機器。

我和對著流理台忙碌的朱麗保持距離，繞遠路靠近電視櫃。

和昨天的母子家一樣，輸入機身後方印刷的密碼，就成功連上 Wi-Fi 了。

才剛久違地成功連上網路，這時忽然傳來聲音：

「喂！你在做什麼？」

〔驚！〕

朱麗正橫眉豎目，從後方俯視著我。

雖然她逼問「你在做什麼」，但我看起來應該並沒有在電視櫃旁邊做什麼特別的事。她是在責怪我隨便移動吧。

「難道你是個不聽話的壞小孩？」

那張表情與其說是生氣，更像是在調侃，因此——

我咔沙咔沙地繼續移動。

「喂喂喂，你要去哪裡？」

我刻意左右大大地漫遊，往廚房走去。

「什麼什麼什麼？」

朱麗好奇地小步跟上來。

我大大地在餐桌繞了一圈半，最後在原本被放下的位置停了下來。

「什麼啦，真是……」

一起毫無意義地被引得走來走去的朱麗坐到椅子上，咯咯笑個不停。

「你走來走去做什麼呀？莫名其妙。你這台掃地機器人這樣行嗎？」

沒有受到任何指示，也並未主動吸塵。這確實不是正常的機器具有目的的動作吧。

刻意要說的話，應該更接近不久前上市的狗型等寵物機器人的「療癒」行動。

「哈哈哈哈哈。」朱麗就這樣顫動肩膀笑了一陣。

我想不到還能提供什麼更多的娛樂，回到假睡狀態。

女兒的咯咯笑漸漸安靜下來，聲音沉澱在房間底部。

「……好像餓了……」

朱麗幾乎是自言自語地說，翻找餐桌上的東西。

從托特包裡取出像餐巾的布包，擺到面前。裡面似乎是保鮮盒。

用附上的湯匙舀起內容物放進口中。從那褐色的根莖類外觀來看，應該是馬鈴薯燉肉。然而朱麗的表情卻是食不知味。

「勢太真傻，這麼好吃的東西，居然還不起來吃。」

朱麗吸了吸鼻子。動湯匙的速度加快，好像兩三下就吃完了。

「明天朱麗要用更美味的香味把你薰起來。」

朱麗站起來，走向流理台清洗容器。

「啊，還是……」

她歪著頭，瞪眼俯視著我。

「做出超級臭的東西，放在勢太的鼻子前面，是不是就可以把他臭起來了？你覺得呢？」

〔呃，什麼我覺得……〕

我又沒法回話。

如果能夠，太臭的東西，希望可以不要……

「話說回來，勢太也睡太久了。」

朱麗收拾容器，擦乾雙手，鼓著腮幫子又坐回椅子上。

「姑婆也說，勢太這人唯一的優點就只有身體強壯，所以是不用擔心啦。之前朱麗叫他工作過頭了該休息一下，可是這次又休息過頭了。」

朱麗的臉換上完全相反的笑容，又俯視著我。

「不用擔心。」

她停頓了一下，一再點頭。

「你知道嗎？每次只要朱麗有難，呼叫勢太，他都一定會來搭救。每一次都是。不過現在朱麗沒有遇到太大的困難，而且勢太也必須休息才行，所以朱麗才沒有呼叫他而已。」

〔我是超人嗎？還是火箭大使[6]？〕

我就像平常一樣抬槓，卻無法化為聲音說出口，教人心急。

附帶一提，我的比喻會這麼老氣，是因為小時候父親放給我看的老卡通錄影帶的關係。當時電視播放的卡通，遙控器都被姊姊所掌控，所以只能看女生的玩意兒，從以前朋友就指出我戰鬥類的卡通知識很老舊。

先不管這些，總覺得哪裡怪怪的。

我思考了一下，發現是哪裡不對勁了。

我好一陣子沒聽到朱麗用名字叫自己了。小學低年級的時候，她都用名字稱呼自己，但最近應該都改成「我」了才對。

某種無以名狀的不安定。不安……

但以現在的機器之身，我實在想不到能為她做什麼。

朱麗呆呆地沉思了一陣，以沒什麼勁的動作站了起來。踩著心不在焉的腳步進入裡面的房間，抱出一個熟悉的粉紅色東西出來了。是要帶的東西很多的時候會用的背包。

「來寫一下功課好了。」

她把簿子和文具拿出來放到桌上。這我也有印象。是她說過每星期要繳交兩次的算數練習簿。

我遇到車禍，是星期五下午的事，所以朱麗那天學校早退了，或是放學後接到通知吧。後來收拾東西，搬到小樽來，暑假開始前，學校就一直缺席吧。

她應該沒有可以靠自習補回落後進度的學習教材，手邊就只有這本練習簿嗎？也許是一個人留在家裡，不願意胡思亂想，只想得到做習題來打發時間。

不要打擾她吧。我這麼想，忽然想起一件事。

我輕撞椅腳，稍微抬起半壞的插頭支柱。

「咦？什麼……？」

6 火箭大使（マグマ大使）是手塚治虫的漫畫作品角色。

朱麗低頭看，立刻點了點頭：

「啊，你想充電？」

朱麗略為板起臉想了一下，對著面板的熊臉豎起指頭說：

「朱麗是可以幫你充電，不過你要答應朱麗，不可以隨便亂跑喔！」

我差點「好～～」地回應，但想起我當然發不出聲音，沮喪無比。

朱麗幫我把插頭插進牆上的插座後，我乖乖地在插座下方擺出待機姿勢。

朱麗沙沙動筆，開始練習算數。

確定之後，我重啟剛才的作業。尋找 Wi-Fi 訊號，連上網路，啟動瀏覽器，首先看新聞。

我所遭遇的車禍沒有新的消息。這是當然的，比起網路新聞，朱麗說的「還在昏迷」的資訊應該才是最新的。

肇事的高齡駕駛也還在住院，尚未被警方逮捕。

昨天的母攜子自殺未遂案，新聞沒有看到。這表示並沒有被大肆報導吧。

救護車趕到老夫妻家的事，一樣沒有上新聞。似乎只被當成許多的急救派遣事件之一。

往前回溯，富士大樓的神秘屍體一事，有了幾項後續報導，但每一則都是「案情沒有進展」，篇幅一天比一天小。

〔沒有進展啊……〕

已經是前天的事了，雖然富田他們奮勇前往現場，接下來的偵查狀況卻不理想的樣子。

那名女客戶雖然有動機，但後來沒有發現更進一步鞏固嫌疑的事證嗎？或許反而查到了本人的不在場證明等等，洗刷了嫌疑。

也有可能發現鑰匙──ＩＣ晶片卡是嗎？──完全不可能複製。

〔資訊這麼少，胡亂猜想也沒用。〕

站在我自私自利的角度，如果那天我傳的 email 對偵查帶來貢獻，有了破案的眉目，或許富田也會願意聆聽我其他的說詞。原本我抱持如此渺茫的期望，但看來是落空了。

即使如此，既然再次連上網路，即使只有一絲希望，任何手段我都想要一試。有個緩刑中又被申請保護令的人，跑到受害人附近鬼鬼祟祟。只要讓警方相信這件事，應該可以期待他們會有所行動。

問題是，該如何通報，才能讓警方相信？

如果只是單純通知小樽警察署「看到賀治野」，他們願意多熱心地處理？就算他們願意到這棟公寓附近來查看，如果賀治野躲得好，有可能就這樣無疾而終。

〔但這樣就值得一試了。〕

光是能牽制賀治野的行動，或許就有意義了。

但更無法坐視的，是可以預想接下來的幾小時，會是危險的高峰。

假設賀治野聽到剛才美佐繪出門時和朱麗的對話。

那麼他已經知道接下來幾小時，朱麗只有一個人在家。然後美佐繪說「會盡快回來」。考慮到這些，他猴急行動的可能性很大。

賀治野最有可能使出的手段，是偽裝成送貨人員吧。

關於這一點，美佐繪應該提醒過了。就算美佐繪沒有提醒，門鈴也一定會響，所以我可以播放鬧鈴等等，引起她的戒心，避免她反射性地跑去開門。這就是我選擇進入家中的最大理由。

在美佐繪回家前，徹底守城。此外還要通知小樽警察署等等，只要是能做到的手段，全部都要嘗試。

目前該做的行動就這些吧。

聯絡小樽警察署。不過透過 email 的話，還是只能寄給北海道警察的「民眾信箱」。雖然拐彎抹角，但還是只能一試。

鈴木朱麗小朋友住在這個地址。我看到應該被申請保護令、禁止接近她的繼父賀治野在這附近鬼鬼祟祟。請警方派人保護鈴木小朋友。

我將平淡地傳達這些事實的內容以 email 寄出去。

另一方面我也想到，這樣或許太慢了。如果是打電話，就可以直接通知小樽警察署狀況緊急。但既然我無法打電話，若想盡快通知，就只好麻煩別人了。最便捷的方法，就是傳 email 到現在眼前桌上的手機吧。寫給朱麗，告訴她賀治野就在附近，叫她報警。

但考慮到這會造成朱麗的混亂，我實在不敢這麼做。

如果郵件寄件人是我，會引起她不必要的期待和困惑。但若是匿名或用假名，也只會無謂地助長不安和警戒。

此外，也無法預料朱麗得知賀治野跑來這附近，會有什麼反應？最糟糕的情況，她甚至有可能因為過度混亂和恐慌，無法冷靜行動。

既然可以預料到對方即將採取的行動，告知事實，敦促提高警覺，原本才是最好的做法，可惜事與願違。

〔……真傷腦筋。〕

最重要的是，我不想看到朱麗驚恐的表情。

有沒有其他方法可以通知急難並求援？

不管怎麼想，我可以使用 email 通知、然後說得粗暴一點，就算造成對方混亂也無所謂的對象，就只有富田一個人了。

〔只能一試了。〕

【我知道你很忙，但我還是想拜託你。
我女兒朱麗現在住在小樽市△△二丁目一〇深雪公寓。
那個家暴男賀治野跑到這附近了。
他隨時都有可能會動手綁架朱麗，把她帶走。
可以請你通報小樽警察署，請他們派人保護嗎？
千萬拜託。我會記住這份恩情。】

不管怎麼想都可疑萬分，但也只能期待富田的警察本能了。
傳送出去之後過了幾分鐘。比想像中更快就收到了回信。

【可以請你不要再傳奇怪的信來了嗎？
警方不可能因為這種模糊的指控就行動。
如果你有明確的證據，請直接向最近的警察署報案。
前幾天屍體的事，你好像想誣賴其中一名涉案人士，不過你這是白費心機。
請不要拿沒意義的情報捉弄警方。】

﹝行不通嗎？﹞

不光是這件事，他負責的案子好像也撲空了。這表示查到了洗刷那名女客戶嫌疑的事證了嗎？

文章語氣帶刺，讓人忍不住怨懟：﹝就算最後落空，對好意提供情報的民眾，這是什麼態度嘛？﹞但收到假冒朋友名義、心存惡意的來信，富田應該相當火大吧。

﹝我並沒有想要誣賴誰啊……﹞

不過我也無法光明磊落地這麼說。當時為了能夠盡快以這具掃地機器人之身脫離那裡，我只希望他們快點結束現場的偵查。

倘若這導致我失去信用，那就是在意想不到的地方造成了反效果。

如果女客戶的嫌疑變小了，表示偵查回歸原點，在兇手是如何離開房間的手法碰上了瓶頸嗎？

對寄信人的不信任，加上偵查觸礁，現在富田沒有心思去管其他閒事了嗎？

恕我重申，依現狀來看，最應該提高警覺的是這幾小時。看來必須在警方來不及派人到場的前提下擬定自衛策略。

玄關和正面窗戶上了鎖。後方的窗戶為了換氣而打開，只有紗窗，但緊臨屋後就是河邊，無法以一般方法侵入。

整理狀況後，我認為只要徹底不讓朱麗打開玄關門，讓訪客有機可乘，應該就可以避免危險。

如果朱麗想要冒失開門，我就播放鬧鈴，引起她的戒心。

為了做到萬無一失，應該要設想這些方法都無效，對方成功侵入時該如何應對，但這極為困難。

真的不管怎麼想，以我具備的功能，都幾乎不可能在物理上擊退敵人。頂多只能播放警報聲，但能否讓隔壁鄰居聽見，也實在說不準。

我想破了頭，最後只得放棄思考。束手無策。總之不能讓朱麗開門，只能徹底落實這一點。

我聽到聲音，抬頭一看，朱麗闔上練習簿，正要站起來。

好像寫完練習題了。看看時鐘，下午四點多。

「好了……」

朱麗稍微伸了個懶腰，走向廚房。

「晚飯要煮什麼呢……」

自言自語、彷彿要哼起歌來的喃喃聲，在安靜的房間裡空虛地迴響。

打開的冰箱裡似乎沒有太多食材。

她拿起取出的保麗龍碟子查看，裡面好像是雞肉。

「嗯嗯。」

接著打開蔬果室。

「紅蘿蔔先生、洋蔥同學、馬鈴薯殿下……這些東西的話，只能做那個呢。」

（——噢噢！）

我當場悟出女兒想說什麼，在內心喝采。

應該是最近朱麗最喜歡的一道菜，在約三星期前的烹飪課學到之後，在我們家餐桌出現過三次的奶油燉菜吧。

「牛奶大人，有，奶油老爺，在。」

她望向冰箱上層，邊指示邊確定。

「還有……麵粉有嗎？」

打開流理台下方的門，再打開裡面的黃色大袋子檢查。

「嗯，足夠。」

朱麗點著頭。確實，經常看到的知名品牌的那個包裝袋，開封後好像沒有用掉多少。

我看到麵粉量完全足夠——

登時朝那裡直衝過去，有點大力地衝撞蹲下去正不穩定地往前蹲的朱麗的腳。

「咦、咦？……」

朱麗被出其不意地一撞，稍微失去平衡，雙手亂揮。理所當然，手上的麵粉袋掉到地上了。白粉從側倒的袋口撒了出來。從份量來看，約有一杯之多。

「哇！哇！……幹嘛啦，討厭……」

朱麗揮舞雙手，半彎著腰東張西望。

「喂，你做什麼！怎麼可以惡作劇！」

朱麗惡狠狠地瞪我，慌忙站起來。

「不得了，要趕快掃乾淨……」

我目送嬌小的背影走進裡面的房間，悠哉地繼續活動。我在半開的門內，一堆調味料小瓶當中找到一味唐辛子的容器，大量倒入麵粉山上。

「好，用這個……咦？」

回來的朱麗手上提著小型無線吸塵器，瞪圓了眼睛。

當然是因為撒了一地的白粉全都消失了。它們的去向不用說，在我的肚子裡。

「啊，對了……你是掃地機器人嘛。」

朱麗想起來似地吃吃笑道。

「我都忘記了。你居然會自己清乾淨，了不起。」

朱麗撿起掉落的袋子。我再往返了一次，把地上殘留的一點麵粉吸乾淨。

「好乖好乖，真厲害呢。可是剛才的惡作劇太壞了，不可以再這樣了。」

朱麗摸了一下我的面板，豎起指頭指著我。

〔明白。〕

我乖乖地低下頭——在心裡。當然朱麗不可能懂。

不過，這下我的目的就達成了，我不打算再次上演不必要的騷動。

這算是意外的幸運嗎？這下總算是得到或許可以當成武器的東西了。

不管怎麼想，我的功能裡面都沒有可以當成武器使用的東西。真的是很勉強地除了一項以外。

應該只有這家廠商的掃地機器人具備這種古怪的功能，也就是吸入灰塵的同時向上噴射的功能。剛才吸入的大量唐辛子混麵粉，如果順利，或許可以用來剝奪對方的視力。不過像這樣放在肚子裡是不行的，必須事先排到地面，才能在吸起的同時噴射出去。

第一次知道這項功能的時候，我覺得「莫名其妙」、「這到底能幹嘛」，但現在我全心感謝廠商的英明決定。我要再說一次：

〔社長，幹得好！〕

我對當前的成果感到滿意，慢慢地回到原位。把剛才開始行動時拔掉的插頭再次抬起，不出所料，朱麗傻眼：

「你充電到一半，跑來那樣惡作劇？你到底在想什麼呀？」

〔一定什麼都沒想吧。〕

我裝出沒事人的樣子，保持不動，結果朱麗儘管傻眼，還是幫我重新插好插頭了。她搖頭晃腦，就像在說「真拿你沒轍」。她的肚臍一帶，橘色的T恤衣角沾滿了白色麵粉，但即使我想提醒也做不到。

算了沒關係，我不去在意，乖乖返回充電工作。

這台機器的吸塵並噴射的功能，能以多強的力道噴射出去，我並沒有明確試驗過。之前小試一下的時候，感覺頗有威力。應該有辦法噴到成年男子臉部的高度吧。要是不小心在室內發動，感覺會把一至一．五坪的面積噴得都是灰塵。

想像執行的步驟，我兀自在心中點頭。

不管怎麼想，都沒有更好的擊退外敵的方法了。首先，絕對不能讓朱麗打開玄關門。如果玄關門遭到突破，就播放最大音量的警報聲，噴射麵粉。能夠預先準備的，就只有這些了。

由於攻擊力幾乎無法指望，如果不必動用，當然是最理想的。若是剛才聯絡警方有了成效，賀治野被抓起來，那就再美好不過了。

訊息從北海道警察的「民眾信箱」轉送到小樽警察署，需要多久的時間？富田會不會回心轉意，替我安排？

關於後者，富田都對我如此不信任了，應該難以指望。富田現在滿腦子都是手頭的案子，應該無暇思考其他事吧。

即使撐過這幾小時最必須警戒的時段，美佐繪回到家，平安迎接第二天，只要賀治野是自由之身，朱麗就尚未脫離險境。反倒是拖得越久，危險性或許越大。

首先，賀治野絕對不會死心。如果他那麼輕易就會放棄，根本不會現在出現在這附近。

還有再次上演的我的困境。到了明天，我就要被當成失物送去派出所了。無法否認，極有可能無法像之前那樣行動。

而且即使我剛才的通報讓警方派人巡邏警戒，如果好幾天都沒有發現賀治野，警戒行動也會停止吧。目擊到那傢伙的，目前只有我一個人。朱麗和美佐繪都不知道他來了，如果向附近住戶打聽，也問不到這類事實，難以期望警方會認真繼續保護下去。

換句話說，若問有沒有不只是撐過今天，而是真正解除朱麗危機的治本之道，事實上相當困難。

至少除非有身分合適的人持續關注這件事。

考慮到這一點，我能想到的，還是只有富田或西方署的同仁。具備警察的洞察力，又某程度瞭解同事鈴木勢太和他外甥女的狀況。只要能確定賀治野在這附近徘徊的事實，他們應該就無法置之不理。

既然沒辦法直接聯絡西方署的同仁，我能依靠的就只有富田了。如果不是全副心思都被手上的案子占據，又對我的 email 抱持懷疑態度，他應該也會想要確定一下朱麗的現狀，保護她的安全才對。

〔就沒有什麼辦法嗎？〕

畢竟那個案子，如果無法複製ＩＣ晶片卡，就不可能離開房間。這成了一堵高牆，讓案情陷入膠著。

〔就算由我負責，也是死路一條，無從突破。〕

雖然我自己這邊也是走投無路，沒空管別人的閒事。

富田為了兇手離開房間的方法而觸礁。

我則是為了阻擋入侵者進屋而焦頭爛額。

總覺得雙方窮途末路的狀況非常相似，教人幾乎想要窩囊對笑，彼此安慰了。

雖然不管怎麼看，在前途無亮這一點上，都是我占了上風。

如果被賀治野突破這道門，就差不多完蛋了。因為剩餘的手段，就只有狗急跳牆般的噴射麵粉一招而已。

只能笑了。但不是笑的時候。

如果真的走到那一步，我會毫不客氣，全力噴射。雖然很有可能把美佐繪的住處搞得一塌糊塗，但當然不是在乎這種事的時候。

我呆呆地望著在流理台切菜的朱麗的背影，持續著差不多是原地兜圈子的思索。

如果現在使勁全力噴射麵粉，可以噴到多遠的地板？

要是現在這麼做，一定會讓朱麗氣瘋吧。

我發現想這種蠢事是浪費時間，急忙把思緒拉回富田的案子。

除非找到離開房間的方法……

離開房間的方法……

想到這裡。

突然轟雷掣電一般。

甚至有種從自我意識到機器ＣＰＵ都被貫穿的錯覺。

〔有啊……〕

離開那個房間的方法。

然後……

〔兇手就是我。〕

19

我反覆尋思靈光乍現的推理，細細斟酌。

確定果然行得通。

我留意不讓目光離開繼續煮飯的朱麗，撰寫郵件。

【上次的案子，我並無意陷害特定人士，只是指出我認為可能對你們有幫助的事實而已。

這封郵件也是，如果你認為不值得細究，當做沒看到也沒關係。

關於離開那棟富士大樓會客室的方法，我有了一個或許行得通的假說。

幾項前提是：

●會客室門前積了一層灰，半徑約一．五公尺的圓周內，沒有人的腳印。

●隔壁辦公室的門前，約六十公分的範圍內一樣積了一層灰，上面沒有腳印。

●兩個房間的門都以共用的ＩＣ晶片卡上鎖，卡片無法複製。

●兩個房間的門都並非自動鎖。從室內轉動門把關上門，就會自行鎖上。

●辦公室的門是圓型門把，會客室的門是水平把手。

●兩邊的室內，都只驗出了被害者的指紋。辦公室的門，只有走廊那一側的門把有擦拭過的痕跡。會客室的門把，內外都有稍微擦拭過的痕跡。

●兇手如何離開這兩個房間，尚未查明。

若以上這些事實皆確認無誤，我建議查證以下幾件事：

辦公室裡應該有最近剛買的掃地機器人。請確認該掃地機器人的功能。

●可以透過手機，規劃及遙控機器移動和吸地。如果能利用房間平面圖等進行，更為管用。

●機器可以在吸起灰塵的同時從上方噴射出去。

●機體上方有突起物，可以勾住繩索等。

若是具備以上功能，就可以做到以下的操作：

行兇者從辦公室那一側拜訪。開關門的動作（至少關門這個動作），是房間的主人從室內進行。

在被害者倒地之後——

行兇者利用手套或布之類的東西，捏著水平門把的邊緣，從會客室的門離開。這時，他預先在門內的地面放置板子之類的東西，以減輕腳印，或是出去之後，用掃把之類的工具稍微拂過地毯。

用打結成一圈的鬆緊帶之類的物品勾在水平門把上，下端勾在掃地機器人突起的部分。

在關門的狀態，讓掃地機器人從牆邊經過門的下方。如此一來，水平把手就會被往下拉扯，門被鎖上，鬆緊帶掉落地上。

遙控掃地機器人吸取鬆緊帶。

預先在離門不遠的地上，準備好從整個房間吸來的灰塵，讓掃地機器人在離開門的時候，同時吸起那些灰塵朝後方噴射。如此一來，就能製造出門前一．五公尺積了一層灰、沒有腳印的狀態。

蒐集灰塵的工作，只要預先讓掃地機器人清理房間，在特定地點排出，就可以輕鬆做到。此外，如果這時其中參雜著固體垃圾等，就讓機器人再吸回去。這是因為地上掉著固體垃圾會顯得不自然，同時也是為了讓集塵盒裡的鬆緊帶不會顯得突兀。

預先讓會客室及辦公室中間的門半開，遙控掃地機器人穿過門，再推門關好。辦公室那一側的門前也是一樣，讓掃地機器人噴出灰塵。這項工程也可以在行兇者離開前進行。

最後讓掃地機器人回到平時待機的位置。

以上，建議查證是否能做到。】

我先把到這裡的內容傳送過去。

『行兇者應該操作過該掃地機器人，也有手機 App 和房間平面圖。』

『辦公室那一側的灰塵噴射範圍控制在六十公分左右，有可能是為了製造出腿部殘疾的人難以跨越這個距離，但四肢健全的人可以輕易從那裡離開的狀況。』

這些就不必特別寫出來了吧。

最重要的是，萬一又被解釋為我刻意誣賴特定人物，就太沒意思了。

話說回來，假設這真的是事實，在那個案子裡製造出宛如密室的狀況的始作俑者，或者說工具，就是我的意識寄宿上去之前的這台機器了。

對於已經漸漸熟悉這具機器之身、甚至逐漸萌生依戀的我來說，這件事讓我不由得頗感微妙，但還有個更重要的事實。

要驗證這個假說時，最重要的物證卻從現場憑空消失，移動到如此遙遠的地方來了。

是說，我怎麼沒有更快發現這件事？我真是對自己傻眼。

現在仍在我的肚子裡的那條打結成一圈的鬆緊帶，辦公室裡一般不可能會有這種東西。除非有人刻意準備，用於明確的用途。

而應該會成為重大證物的這項物品，也跟著我一起跑來這種地方了。

對富田他們真是太過意不去了，但事到如今，也無可奈何。

〔對不起啦。〕

我在內心自言自語地道歉。

我專注看著朱麗忙碌的背影一陣子，寄出信件十幾分鐘後，收到了寄件人是富田的回信：

【為什麼你對這邊的狀況那麼清楚?!】

劈頭就是彷彿可以聽見他的大叫的文章。

〔呃，就算問我為什麼……〕

問我那種無從回答的問題，我也很困擾。當然只能不予理會。

我懷著反射性想摀住耳朵的心情繼續往下看，還有下文。

【這假說太扯了，我不知道該如何看待，但還是會研究一下。

另外，關於另一件事。

我替你聯絡小樽警察署了。你說的住址，馬上就會有警察過去巡邏。

雖然並非全盤相信你的說詞，但女童可能遭遇危害，我不能置之不理。】

〔噢噢！〕

太棒了。

看來只要繼續守在這裡，狀況似乎可望稍微好轉。

〔問題是，如果明天之前就這樣沒有動靜的情況呢？〕

萬一我被當成失物送交派出所，就無法再參與這件事了。

但現在的狀態不可能永遠持續下去，所以明天以後的事，也只好另外設法了吧。只能千萬拜託富田和美佐繪姑姑，要他們在沒有我的情況下好好保護朱麗。

光是得知美佐繪的 email 信箱，比起昨天就是一大收穫了。

感覺似乎稍有展望了，我切換思緒。

我重新在內部啟動瀏覽器。稍微冷靜下來後，我想了起來，在無法上網的期間，有件事一直讓我耿耿於懷。

我重複已是兩天前的操作。找到小說網站，打開當時讀到的作品頁面。

就是那篇關鍵字是「函館」和「虐童」的小說。仔細再看，標題是〈薰陶的日子〉。

「虐童」與「薰陶」簡直是八竿子打不著，我難以判斷其中有某些深刻的含義，或只是低劣的玩笑，但重點不在這裡。我覺得這個標題好像以前在哪裡看過。回溯作品資訊，是從去年十一月二十四日到二十八日分次上傳刊登，後來就沒有再更新了。

確定這件事以後，我覺得我的推測得到了證實。

深春橫死當天閱覽過的這個網站的小說，標題好像就是這篇〈薰陶的日子〉。那是去年十一月二十九日的事，等於是剛上傳到這個網站之後，時間上剛好吻合。我從網路瀏覽紀錄看到這個網站，是深春死後幾天後的事，而且我對小說沒什麼興趣，因此無法確定，但是像這樣一看，我覺得錯不了了。「函館」和「虐童」，都是理應會吸引深春目光的關鍵字。

一點都不奇怪——雖然一點都不奇怪，可是為何我會如此耿耿於懷？

閱讀這部小說，是姊姊生前最後的行動之一。若是這樣的話，其中到底有沒有什麼玄機？

我正動著腦筋，朱麗忽然靠近餐桌，拿起自己的背包。掏出來的筆記本，是她自製的食譜集。是在查閱奶油燉菜的做法嗎？

朱麗抱著背包，查看筆記本，嘴裡喃喃著，繞了餐桌半圈。這時——

叮鈴鈴——旋律響了起來。

我不是很熟悉，不過這是演歌〈小樽之人啊〉的旋律，是美佐繪的手機 email 鈴聲。

時間是下午五點多。

朱麗連忙拋開筆記本，抓起桌上的手機。

「哇！」

她的口中立刻傳出盛大的歡呼。

「真的嗎？」

她定了一下，隨即東張西望，朝我大叫：

「勢太醒來了！」

〔什麼？〕

勢太——我醒來了？

那太好了。

不，可是……

令人驚訝，或者說毫無真實感。

因為如果那邊的肉體恢復意識，那這邊的我的意識呢？

我呆了幾秒。

不，等等——我恢復警覺。

這會不會是賀治野的圈套？

不，可是這不可能。他不可能知道這支手機的 email 信箱。

就在我困惑的幾秒間，注意力鬆懈了。

「我得快點過去！」

就在這短暫的空檔，朱麗已經抱著背包，朝玄關跑了過去。

〔啊，等一下，朱麗！〕

就算不是圈套，也必須小心外面才行。

就在我執行慢得令人焦急的全速前進的瞬間，視野一隅瞥見粉紅色的東西。

〔啊！〕

瞬間，我內心狂叫起來。

真的可能是圈套。

我急忙播放鬧鈴聲。

〔朱麗，停下來！〕

但朱麗彷彿充耳不聞，已經抓住玄關門把手了。

解除門鎖，門朝外打開——

我朝著火速穿過門縫、彷彿片刻都不能等待的那個背影跳下脫鞋處。

撞上半開的木門。晚了一步，朱麗的身體以不自然的力道被吸出門外。看起來就像被人扯住手一把拉出去一樣。

「咦？什麼……」

瞬間，我聽到悶住的慘叫，和推擠扭打般的聲響。

毫無疑問，有人在門外埋伏。

〔等一下、等一下……朱麗、朱麗……！〕

我發出最大音量的警報，掙扎著想要出去解救朱麗。然而圓盤機體被半開的門卡住，無法穿出門外。

腳步聲噠噠遠離。勉強鑽出一半身體的我，看到的是把橘色T恤的女童抱在腋下的灰色工作服男子背影。

男子立刻轉彎，朝前方道路跑去。再過去就被一排儲藏屋擋住看不見了。

〔等一下、等一下……〕

和席捲心頭的焦急苦鬥了一陣之後，我總算推開門，去到了外面。開展的視野中，玄關前只徒留淒慘地掉在地上的粉紅色背包。

我全速轉向馬路，但男子已不見蹤影。甚至不知道他跑出馬路以後，是往左還是往右前進。

明明剛才發出了警報聲，附近卻沒有半個人出來查看。原本還期待至少隔壁住戶會聽見，難道是後來外出了嗎？

〔跑去哪裡了？〕

我幾乎無法呼吸，左右張望。

路上依然沒有行人。不管他往哪個方向跑，就算是拖著年紀不算小的孩子的可疑姿態，似乎也能不被任何人看見，跑過相當遠的一段距離。

賀治野最後的目的地，應該是ＪＲ站。但他不可能用如此招搖的模樣經過人多的車站附近。

應該必須找個地方重整態勢，恐嚇朱麗要她就範。

可是這麼一想，更無法猜測他會去哪裡了。也許他訂了飯店房間等等，找了個據點。

〔到底是哪邊……？〕

我完全失去餘裕，不顧可能被人發現這具機器之身的危險，直接在路中間沉思起來。

〔冷靜，先冷靜……〕

若要重整態勢，應該不會太遠。他沒辦法以那種樣子跑太遠。

我懷著眼睛充血的感覺，一再左顧右盼。

這段期間，也無法抑制灼燒心頭般的悔恨滲透上來。

〔一敗塗地。〕

剛才的 email，我應該要預先料想到，提高警覺的。

如果賀治野跟蹤到公寓前面，偷聽到美佐繪出門前兩人的對話，那麼他當然有可能跟蹤美佐繪，查出她要去哪裡。

朱麗暫時不會出門，而美佐繪說會盡快回家。

既然如此，自然會想要確定一下美佐繪到底要出門去做什麼。會是幾分鐘後回來、還是幾小時後？不先查明這一點，就無法計畫這天接下來的行動。

美佐繪去的地方，是離這裡徒步約十五分鐘的運河旁邊的店。不怕美佐繪認得的賀治野應該是跟到那裡，假裝客人進入店內吧。然後非常有可能在店裡拿到廣告單，得知美佐繪的 email 信箱。

他從美佐繪出門前的對話，得知她的手機現在在朱麗手上，以及醫院有可能聯絡那支手機。

換句話說，賀治野有可能偽造剛才的 email。

〔怎麼沒有先想到！〕

腦袋火燙到幾乎沸騰，感覺 CPU 隨時都要冒出煙來。

〔有沒有什麼線索……只知道方向也好……〕

我拚命東張西望。

沙沙沙地左右亂跑，在路面、旁邊的草叢裡，尋找任何一點蛛絲馬跡。雖然腹部被柏油路和碎石子狠狠地磨擦，但沒空管這些了。

瞪大眼睛細看近處，遙望遠方，張大耳朵。

懷著祈禱一再左右張望。

冷不防地，視野中出現閃亮亮的東西。

瞬間我差點絕望：CPU終於壞了嗎？

但我立刻想起來了。

是這台機器的功能——「灰塵偵測電眼」。是我不顧一切拚命默念，不小心啟動了嗎？

「不，就算有這功能，現在也……」

周圍是露天的路面，灰塵和垃圾多如繁星。實際上，現在我的視野是整片燦亮，教人看了打從心底煩躁起來。

即使如此——忽地留神一看，右邊的馬路上，有模樣稍微異於周圍的亮光。

靠過去一看，是少許的白色粉末。

「麵粉？」

會不會是我剛才惡作劇撒出來，沾在朱麗衣角上的麵粉？

我懷著連一根稻草都想抓的心情，朝那個方向全力衝刺。

雖然量非常稀少，但前方也每隔一段距離就發現相同的亮光。

追蹤、奔馳。以令人心急的全速。

在幾乎再也看不出那種閃亮痕跡的幾百公尺前方處，稍前方是稍微開闊的土地。是今早來這裡的途中也看到過的兒童公園。

就像將街區撥出一小塊一樣，公園被看不出是人工種植的草皮或雜草的綠意覆蓋，中央有一塊泥土地，左側深處有鞦韆、溜滑梯等遊樂器材，幾個像是放學的小學生正在玩耍。左邊中央附近有一座高約四至五公尺的小山。右邊前面是公共廁所，後面的柵欄再過去就是河流。

沒看見賀治野和朱麗。

但如果他來到這裡，應該只有一個地方可去。

我毫不猶豫，滑進公園裡，往右邊前進。

凹凸不平的地面刮擦著腹部。底盤應該已經遍體鱗傷，但我不理會，馬力全開。

小型公共廁所的建築物正面，有男女兩側的入口。我來到門口，不出所料，右邊的男廁傳出人聲。

「……朱麗要乖乖的，跟爸爸一起來。」

聲音一片平坦，讓人聽了背脊發涼。

「要是不能跟朱麗在一起，爸爸怎樣都無所謂了。朱麗，妳不想害到別人吧？」

到底在說什麼？完全聽不出要點。

我盡力減少移動聲，悄悄從門口窺看。

朱麗被逼到左側隔間的門前站著，工作服的男子擋在前面。

他稍微掀起外套，左手摸索，抓住並亮出一樣東西，是插在腰帶的筒狀物品。

「朱麗，妳看過炸藥嗎？」

「咦……？」

「要是這東西點火爆炸，應該可以炸掉那邊的一座小山。看，這邊還有一支。」

男子做出展示右腰的動作後，手中握著一個綠色小東西舉起來，似乎是塑膠打火機。

「要是朱麗想跑，爸爸就點火。朱麗會連跑都來不及跑，跟爸爸一起炸成碎片。接下來朱麗要跟爸爸一起去搭電車，要是妳不肯乖乖的，旁邊的人也會一起被炸死。」

「噫……」

朱麗是個非常害怕給別人造成麻煩的孩子。賀治野就是瞭解她這種情性，才會這樣威脅吧。

只瞥見一眼的筒狀物是否真的是炸藥，我也無法判別。我認為十之八九只是唬人，但即使接下來回到人群當中，感覺對朱麗仍具備十足的恐嚇力量。

咔嚓、咔嚓，賀治野將打火機點燃又熄滅了兩次。

「朱麗要乖乖的，跟爸爸一起來。朱麗要一直跟爸爸在一起。」

咔嚓、咔嚓，賀治野又點了兩、三次火。

「我們永遠住在一起吧。爸爸決定成為小說家。最後一次見面的時候，妳媽媽也支持我。朱麗，妳也會替爸爸加油吧？」

咔嚓、咔嚓。

朱麗的表情倏地變得一片木然。

〔明明再也不想看到她這種表情了……〕

那模樣就彷彿被賀治野的毒氣所侵蝕，甚至連自己活動手腳的力氣都失去了。即使我以活生生的原本面貌現身，大喊「朱麗，逃到我這裡來」，或許她也動彈不得。

我能夠做的實在不多。

可是要是錯過現在，讓賀治野把朱麗帶到人多的地方，我當然再也無從插手。

然後朱麗會被剛才的恐嚇所束縛，更無法逃脫吧。

我立下決心，展開行動。我將先前吸入的灰塵全部排到男廁入口旁邊，從其中夾取那條鬆緊帶環，再將剩餘的灰塵重新吸入，悄悄滑進室內。

在一進門的洗手台底下，將鬆緊帶勾在水管突出的部分。然後將另一端勾在自己的插頭支柱上。

準備好後，繼續朝內前進。

「好了，走吧。朱麗要乖乖跟爸爸走。」

賀治野回頭，看見我這個意想不到的闖入者，瞪大眼睛僵住了。

朱麗的眼睛也睜得圓圓的。

我抓緊這個機會。

嗚嗚嗚嗚……！

以最大音量播放警報聲。

「什……！」

賀治野反射性地揮起抓打火機的右手。

他瞪著這裡，視線從旁邊的孩子身上移開了。

〔趁現在快逃啊！〕

我拚命在內心對朱麗呼喊，然而她彷彿整個嚇軟了腿，一動也不動。

賀治野的恐嚇就這麼有效嗎？不過朱麗本來就是光看到他，就會變成宛如被蛇瞪住的青蛙，這也難怪。

即使如此，剛才的警報聲還是讓她嚇了一跳，表情看似恢復了一點生氣。還差臨門一腳嗎？

「這什麼東西？」

賀治野以舉起一手的姿勢朝這裡走來。應該是想要抓住我吧，他彎下身子，左手猛地伸來。

就是現在！我從停止狀態突然往前衝。

躲開伸來的手，滑進賀治野的腿間，順勢就這樣在左腳繞上一圈。

「哇！」

賀治野被纏住腳踝的鬆緊帶勒得失去平衡，一頭栽倒在廁所地面。

我朝旁邊全力拉扯繩索，啟動聲音播放。是為了這種時候而保留的一句大絕：

「快、逃！」

「咦？」

瞬間，朱麗的眼睛瞪得更圓，下一秒拔腿就跑。

「啊，喂，站住！」

朱麗穿過賀治野伸過去的手，跑向出口。

賀治野憤怒地扭動身體，結果勾在我身上支柱的鬆緊帶鬆開了。感覺有彈性的鬆緊帶很快就會縮回去，輕鬆從腳上鬆脫。

望過去一看，朱麗的背影頂多只跑了幾十公尺遠。如果賀治野立刻跑過去，朱麗很有可能在離開公園前又被他抓住。

但現在只要拉回鬆緊帶，就可以勒住他的腳。

我為了重新拉好鬆緊帶，並妨礙賀治野前進，滑到他的前面。

伸出怪手準備撿拾繩圈。

「搞什麼，這臭東西！」

即將搆到之前，圓盤機體被賀治野的手按住了。

「不要礙我的事！」

機體被一把抓起來拋飛了。

〔哇！〕

鏘！的一聲，我的身體在混凝土地上一彈，結結實實地撞在門旁的牆上。

一陣恐怖的破碎聲響。顯然有哪裡破損了。

衝撞、落地，又在地上一彈。

但我仍不放棄，把手伸向繩……索……

〔咦？〕

有種全身血液流光的感覺。

動不了。

我所仰賴的怪手。

幾乎唯一剩下的我的救援行動的指望。

〔不妙！〕

我轉換方針，朝門口全速衝刺。

雖然勉強可以移動，然而腹部下方卻不斷傳出某些東西鬆脫般的喀噠喀噠聲。感覺得到有東西在地板上磨擦。體感上車輪隨時都有可能停住。

朱麗的背影朝我來時的出口方向變得越來越小。就算炸藥是真的，拉開這麼遠的距離，大概也難以傷害到她了吧。

可是。

「可惡……這傢伙……！」

賀治野將鬆緊帶從腳上踹開，馬上就要爬起來了。這樣下去，他又會追上朱麗。

我一百八十度轉換方向，阻撓他的去路。

賀治野跪在地上，已經爬到我後面了。

「讓開！」

我的意圖根本是不可能實現的妄想。

賀治野單手一甩，就把我給扔出門外了。

在混凝土上一彈，勉強在泥土地著陸。

腹底又發出咔西咔西的可怕震動聲。但我沒有餘裕去理會那些。

賀治野半彎起身，擺出隨時要往前衝的姿勢。

往後面一看，朱麗已經快到公園出口了。

看到那裡，我內心歡呼起來。

因為有幾個男人從公園外面跑了過來。

是兩名制服警察，和一名便衣刑警。應該是收到我通知的小樽警察署的職員。

若是由於富田催促，加快了他們的行動，那真是太幸運了。

便衣刑警對朱麗說話，兩名制服警官朝這裡跑來。

這也是當然的。遠遠的一時可能看不明白，但有個男子顯然正以不正常的模樣在這裡抓狂。

如果警察相信朱麗的說詞，賀治野絕對不可能被輕饒。

我期待警察把他抓起來。

「喂，你在做什麼？」

制服警察在一百公尺外的地方喊道。

賀治野這才望向遠方，似乎察覺情勢不對，立刻朝反方向跑了出去。

「啊，喂，站住！」

賀治野不可能聽從，一眨眼工作服的背影便消失在樹林裡了。兩名制服警察看也不看公共廁所這裡，匆匆忙忙地追了過去。

追得上嗎？

不過擔心那邊也沒用了。

我回到廁所門口前，將掉在地上的鬆緊帶吸回來。或許是白費工夫，但還是得盡力消除可疑掃地機器人的痕跡。

只要逮到賀治野，他顯然違反了保護令。只要朱麗確實作證，至少綁架未遂的罪嫌是跑不掉的。我這種超越理解的東西沒必要繼續介入下去。就算賀治野作證有我這樣的東西，只要沒有明確的痕跡，應該不會被當一回事。

我期待注意力都放在逃逸人影的警察沒有察覺我這樣一台小機器。

我得在他們回來之前，也離開此地。

朱麗確定安全無虞了。逮捕賀治野的任務，只能交給警方。

從這個意義來說，我的任務應該已經結束了。

但有件事讓我牽掛。

我沙沙沙離開原地，溜進廁所後方草地。一樣盡量選擇不會被人看到的路線，朝公園出口邁進。

公園後方有小河流過，沿著河一路走去，朝稍前方望去，有似乎可以達成我的目的的建築物。

我聆聽著依然持續的可怕腹部磨擦震動聲前進。內部機器還能正常動作到什麼程度、電量是否撐得住，真的完全沒有把握，因此我心急如焚。我急著趕路的同時，也在內部同時作業。

不過很快就到達目的地了。不是什麼稀罕的地方，是一家小型便利超商。建築物旁邊，生鏽的儲藏屋門半開，旁邊堆著似乎用來搬運商品的塑膠箱子。

我躲在紅色的塑膠箱後面，急忙檢查訊號。這裡果然也能連上免費 Wi-Fi。打開電子郵件頁面，輸入邊移動邊想好的內容，幾乎捨不得重看修改，直接傳送出去。收件人又是富田的電子信箱。

【謝謝你聆聽我的請求。

剛才我確認賀治野找上了朱麗，朱麗即將被綁走的時候，小樽警察署的警員趕到現場，成功阻止了悲劇。

賀治野應該也很快就會被抓到。

你的大恩，我無以為報。

此外，這段經過，讓我萌生出一個疑念，能否請你聯絡西方署，加以處理？是關於深春死亡那時候的事。

首先，請你調查網路上的小說網站○○裡一篇叫做〈薰陶的日子〉的小說作者。作者有可能是賀治野。

如果真是這樣的話，我認為深春死亡當天，賀治野應該把她找出去見面了。小說內容描寫一名男子和繼女的不正常關係，肯定是虛構的。

我認為他可能恐嚇深春，說要用朱麗的真實姓名公開這部作品。

即使相關人士知道是虛構的，但若是公開，完全可以設想到會對朱麗的心理、以及她身邊的人造成嚴重的創傷，深春絕對不可能容忍這種事發生。

只是公開在小說網站，影響或許不大，但或許他故弄玄虛地說有狗血媒體感興趣，願意協助他出版。

不管怎麼樣，只要告訴深春這些事，約在琴似和新札幌的中間地點、兩邊都只要搭地鐵約十五分鐘的「菊水」或「公車總站」一帶碰面，就能在當天兩人足跡不明確的時間內碰面，然後無論是故意的還是意外，賀治野都在當時讓深春受了傷。

賀治野應該很快就會在小樽落網。

進行偵訊的時候，應該可以調查賀治野的手機通訊內容，這是之前深春死亡時做不到的。

可以請你聯絡小樽警方，順便調查賀治野十一月二十九日當天前後的通訊內容嗎？你應該在忙手上的案子，真是不好意思，但我還是想要拜託你。

麻煩了。】

當然，這些都只是想像，沒有任何證據。

但一旦想到，我覺得除此之外，別無其他真相了。

最大的根據是賀治野剛才的話：

『爸爸決定成為小說家。最後一次見面的時候，妳媽媽也支持我。』

「支持」八成是胡謅，但其他的部分不太可能全是瞎掰的。最重要的是「最後一次見面」這個說法。

就我所知，賀治野最後一次見到深春，應該是我趕去函館那時候。此後深春連在法院上都避免見到賀治野，然後保護令就下來了。

在拳打腳踢施暴的那天，不可能談到什麼「支持我當小說家」，而且當時朱麗也在，卻又在今天對她說這種話，豈不是非常不自然嗎？

後來賀治野和深春見了面，當時提到了小說的事——這樣才說得通。

可是——無論如何——假設這是事實的話。

「不可原諒！」

我自覺一陣怒火攻心。

原本說起來，尤其是我這種職業的人，任意想像，自己氣個半死，是絕對不應該的事。

之前的家暴、剛才對朱麗的行徑，加上極具可信度的想像，我身為親人，難以冷靜也是無可厚非之事吧？

那傢伙到底要折磨深春和朱麗到什麼地步才甘心？

機器的身體嘰嘎磨擦，彷彿呼應一般，思考表層滾滾沸騰的感覺滲透全身。

話說回來，不管是激動還是冷靜，現在的我都沒有任何可以做的事了。

不管是保護朱麗還是拘捕賀治野，都只能交給這裡的警方了。

傳送出剛才那封郵件以後，我能夠做的事都已經做完了。

不，更進一步能做的事、想做的事，只要尋找或許還是有。不過感覺隨時都會故障的機器運作、應該連一小時都撐不到的剩餘電量，加上我又無法自行充電，照這樣的現狀來看，只能說期待能繼續苟延殘喘，完全是痴人說夢。

我會如何迎接這第二段人生的終結？照一般來想，會是電量耗盡，自然死亡嗎？

話說回來，在這家超商後方，在雜物圍繞下壽終正寢，實在有點窩囊嗎？

就沒有更適合歸西的場所嗎？

我這麼想，東張西望，稍微爬出去看看。

店面是行人還算多的道路。後方經過白色鐵柵欄和狹窄的草地後，可以下去河邊。

不管哪一邊，似乎都無法奢望清幽風雅的環境。

〔奢求也沒用嘛。〕

我思考著認命的選擇，稍微抬高視線。

熟悉的水藍色超商外觀。混凝土牆上有一道窗，從旁邊可以看到裡面的收銀台。

我漫不經心地看著，正準備回到原本的暗處時——

忽地一陣刺激滲透腦袋。

是什麼？我拉回視線，懷疑自己眼花了。

賀治野的側臉就在那裡。

剛才的工作服脫掉了，只剩一件白T恤，但那個人就是賀治野不會錯。他正要結帳的東西好像是口罩。

〔他居然還在這麼近的地方？〕

這裡等於是剛才在公園看到他逃跑去路的反方向。換句話說，他暫時離開那裡，又繞了一圈，混淆逃走的方向嗎？在超商廁所脫掉外衣，更換服裝，把真假不明的炸藥丟掉，然後在這裡買口罩，想要遮住臉？

雖然也不是不明白他在做什麼，不過不會太幼稚、或者說太膚淺了嗎？這裡距離剛才警察叫住他的地點，大概只相隔了兩百公尺而已。

不過對他來說，他應該以為警方不知道他的身分，只是把他當成可疑人物，只要改變外表，距離遠一點就可以矇混過去。

總之，相隔一道玻璃裡面的男子就是賀治野沒錯。

我看著他除了口罩以外，還指著櫃台裡面好像要買菸，咬牙切齒地尋思。

有句話叫冤家路窄，在這裡被我碰上，是你氣數已盡。

〔有沒有什麼方法可以對那傢伙報一箭之仇？〕

仔細想想，小樽警方或許沒有賀治野的詳細外貌資訊。失去一度遠遠地看見的工作服這個記號，也有可能就這樣把人追丟。

而我在這裡發現了他。我的本能告訴我，絕不能放過這個幾乎是上天安排的機緣巧合。

視野範圍內沒看到應該在追捕他的警察。

那麼就算在他出來的時候播放警報聲，店員和路人也不明所以吧。

就算傳 email 給警方，或許並非毫無意義，但應該無法及時招來追兵。若是他經過前方人車眾多的馬路離去，我就不可能追上去了。

我正在尋思，賀治野已經走向店門口了。

還沒想好要怎麼做，我已從建築物旁邊移向正面。

賀治野一走出店外，便在店門口設置的菸灰缸前面停下腳步，掏出打火機點燃嘴上的香菸。接著他重新轉向這裡走過來。他沒有立刻戴上口罩，好像準備邊走邊哈一根。

沒空煩惱了。我喀喀喀地爬出人行道。

賀治野怔住似地停下腳步。

「搞什麼……？」

他不可能認不出這台剛才阻撓他行動的可疑機器。

「這可惡的東西……」

賀治野嘴裡叼著菸，伸出雙手朝我蹲下身。

我躲開他的手，逃進剛才所在的旁邊空地。

「你什麼鬼玩意兒？是誰在操縱的？」

賀治野憤然大步追上來。

我在狹小的空地停住，準備反擊。

——原本我這麼計畫，但對方怒髮衝冠的狠勁卻超越了我的預期。

不是從上方被抓住，來自下方的衝擊襲擊了我。

被跑過來的賀治野順勢一踢，瞬間圓型機台飛上天空。

在碎石地上反彈再反彈，彈了幾次又翻滾，最後鏘鏘鏘地滾落到金屬地面。

那裡似乎是門打開了一半的儲藏屋內。

是堆滿了紙箱等雜物、勉強空出幾十公方見方的地板，左右及後方都無路可逃。

唯一可走的前方，半掩的門外，氣得面紅耳赤的男子正步步逼近。

無路可逃。不僅如此，即使試著設法移動，車輪也嘎沙嘎沙地卡到東西，連龜爬般的動作都做不到。

對於外殼已經龜裂的我來說，不管是被抓起來丟出去、踢飛，還是一腳踩下去，應該都會造成致命傷。對方的手或腳還是其他東西碰到我的那瞬間，只能認命死期到了。

命已該絕——除了一條路以外。

我火速將肚子裡的貯藏物全數排出。

男子彎腰伸手，碰到面板了。

這時——

吸塵、噴射！

「哇！」

被麵粉噴霧噴個正著，賀治野雙手亂揮。

下一秒——

轟！的一聲，紅色火焰在空中炸裂開來。

「嘎啊啊啊……！」

「啊……」

出招的我反而嚇到了。

應該是引發小規模的粉塵爆炸了。

麵粉在狹小的倉庫裡飛揚，被賀治野叨在口中的香菸頭點燃了。

「嗚哇……！」

賀治野雙手揮舞，一屁股跌坐在碎石地上，滿地打滾。

爆炸規模很小，很快就被打滾撲滅了。立刻重新爬起來的那張憤怒的臉，也只是被燙紅了一點，感覺不會留下傷疤。

可是即使只有一點，只要造成影響——

我朝著再次伸手向我抓來的那張臉噴出剩餘的粉末。

「嘎啊……！」

慘叫再次響起。

因為麵粉裡參雜了唐辛子。即使是輕傷，但也是新鮮的燙傷，辣痛一定毫不留情地穿透了傷口。

我穿過在地上打滾的男子旁邊，嘎沙嘎沙地離開。如同猜想，車輪一直刮到東西，步伐甚至比蝸牛還慢。

往前望去，應該是聽到剛才連續響起的慘叫聲，許多人驚恐地從馬路望進巷子裡。

制服警察分開人群現身了。如果我記得沒錯，是剛才在公園看到的警察。太好了！我轉頭望去，結果賀治野就在眼前，盛怒的眼神對著這裡。

「可惡的東西！」

〔哇……！〕

等於是因為回頭確認狀況，結果慢了一步逃生。

我被賀治野注入狂怒力量的手給抓住了。

〔你已經無路可逃了！〕

腦中浮現想對眼前的賀治野說的話，但當然無法化為聲音。

不過如果對方不打算逃走，就只等警察過來抓人了。

我如此樂觀地心想，沒想到下一瞬間，我的預測落空了。

「可惡……！」

賀治野猛地高揮手臂。機體順著他的勁道，高高地被拋上天空。

﹝哇……！﹞

尖叫未能化成聲音。也不可能有人來救我。

眼角餘光只看見奔近賀治野的制服警察。

咔鏘一聲，我在地面反彈。圓盤就這樣化身車輪，開始滾動。

滾出超商土地。滾向低處。

穿過鐵柵欄下方，外面是草地。陡坡。

前方——是漆黑的河面。

哈哈——笑意湧上心頭。

﹝完蛋了。﹞

一旦沉入水中，這台機器萬無生存的希望。

看來它只有短短三天多的生命。

可是現在我已經達成了最大的目的——解救朱麗的危機。

總之我了無遺憾了。

滾動。

滾落。

漆黑的水面越來越近。

本來應該只有短暫的一瞬間，但這就是所謂的走馬燈嗎？在彷彿化成奇妙慢動作的時間裡，只有思考不斷地持續遊蕩。

〔結束了。〕

真正是短暫、意想不到的第二段人生。

這麼說來……

是不是有一部知名小說，也是以主角投水結束？

我莫名悠哉地胡思亂想著，但也想不出書名是什麼。

〔哎，算了。〕

噗通！

沉入水中的觸感。

沉落。沉落。

一種短路般的熱辣感擴散腦中。

轉瞬之間，思考的幅度急速收縮。

劇終了。

總之，

〔南無阿彌陀佛，南無阿彌陀佛……〕

——

鼻腔一陣刺激。

刺鼻的奇妙氣味。

「……然後叫我快逃，昨天的那個就是勢太。雖然不是勢太的聲音，可是那絕對是勢太。」

妳說的話莫名其妙喔。

我想要出聲而吸氣，瞬間刺鼻的臭味整個貫穿鼻腔。

「什……咳咳咳咳……！」

「哇，咦？」

「姑婆姑婆！勢太、勢太醒了！」

「真的！護理師！醫生……！」

一道聲音遠離，另一道聲音接近。

「你賴床太久了，勢太，你真的睡太久了！」

一團重量毫不留情地壓到胸上。

這是不打緊啦……

「咳咳咳咳……！」

拜託，把這臭死人的醋味拿開……

我無法將要求化成聲音，只能不住地嗆咳。

「咳咳咳咳……！」

「勢太，歡迎回來！」

國家圖書館出版品預行編目資料

我沒死，只是變成了掃地機器人／添田信著；王華懋譯. -- 初版. -- 臺北市：皇冠, 2022.4　面；公分. -- (皇冠叢書；第5018種)(大賞；136)

譯自：地べたを旅立つ 掃除機探偵の推理と冒険
ISBN 978-957-33-3876-5 (平裝)

861.57　　　111004703

皇冠叢書第5018種
大賞｜136

我沒死，只是變成了掃地機器人

地べたを旅立つ
掃除機探偵の推理と冒険

作　　者—添田信
譯　　者—王華懋
發 行 人—平雲
出版發行—皇冠文化出版有限公司
台北市敦化北路120巷50號
電話◎02-27168888
郵撥帳號◎15261516號
皇冠出版社(香港)有限公司
香港銅鑼灣道180號百樂商業中心
19字樓1903室
電話◎2529-1778　傳真◎2527-0904
總 編 輯—許婷婷
責任編輯—蔡維鋼
行銷企劃—薛晴方
美術設計—陳恩安、李偉涵
著作完成日期—2020年
初版一刷日期—2022年4月

法律顧問—王惠光律師

讀者服務傳真專線◎02-27150507
電腦編號◎506136
ISBN◎978-957-33-3876-5
Printed in Taiwan
本書定價◎新台幣380元/港幣127元